Laura Nieland

Der Mallorca Mord Club – Ein tiefer Fall

MIX
Papier aus verantwortungsvollen Quellen
Paper from responsible sources
FSC® C105338
FSC
www.fsc.org

Liebe Leserin, lieber Leser,

vielen Dank, dass du dich für ein Buch von beTHRILLED entschieden hast. Damit du mit jedem unserer Krimis und Thriller spannende Lesestunden genießen kannst, haben wir die Bücher in unserem Programm sorgfältig ausgewählt und lektoriert.

Wir freuen uns, wenn du Teil der beTHRILLED-Community werden und dich mit uns und anderen Krimi-Fans austauschen möchtest. Du findest uns unter be-thrilled.de oder auf In stagram und Facebook.

Du möchtest nie wieder neue Bücher aus unserem Programm, Gewinnspiele und Preis-Aktionen verpassen? Dann melde dich auf be-thrilled.de/newsletter für unseren kostenlosen Newsletter an.

Spannende Lesestunden und viel Spaß beim Miträtseln!

Dein beTHRILLED-Team

Melde dich hier für unseren Newsletter an:

Über die Autorin

Laura Nieland wurde 1992 im schönen Münsterland geboren. Heute lebt sie mit ihrem Mann und ihren beiden Söhnen im Rheinland. Schon als Kind hat sie sich gerne Geschichten ausgedacht. Beim Lesen und Schreiben schlägt ihr Herz für Krimis und Fantasy. Immer dabei: viel Kaffee und Süßigkeiten. Wenn Laura nicht gerade an ihren Büchern schreibt, verbringt sie ihre Zeit mit ihrer Familie, am liebsten beim Wandern in der Natur.

Der Mallorca Mord Club – Die Serie

Traumhafte Strände, malerische Dörfer und belebte Promenaden: Auf Mallorca will sich Marie endlich ihren großen Traum von einer eigenen Bar erfüllen. Bis es soweit ist, arbeitet sie als Rezeptionistin in einem kleinen, exklusiven Wellnesshotel. Doch schon bald muss Marie feststellen, dass hinter der sonnigen Urlaubsidylle der Baleareninsel auch menschliche Abgründe lauern können. Und sie entdeckt eine neue Leidenschaft: das Lösen von Kriminalfällen!

Die Protagonisten

Um ihren Traum von einer eigenen Bar auf Mallorca zu verwirklichen, ist die 30-jährige **Marie Holstein** nach Mallorca ausgewandert und arbeitet an der Rezeption des Beach Residence and Spa. Sie liebt Strandspaziergänge, Cocktails und das Essen in ihrer neuen Heimat. Mit ihrer lebhaften und freundlichen Art findet sie schnell Anschluss in der Dorfgemeinschaft von Cavís. Doch ein tragischer Todesfall wirft einen Schatten auf den sonnigen Ort und Marie scheint die Einzige zu sein, die nicht an einen Unfall glaubt …

Eigentlich will der 62-jährige pensionierte Mordermittler **Christian Munker** nur drei Dinge: seine Ruhe haben, seine Routine beibehalten und diesen einen Fall vergessen. Aber was ihn noch mehr nervt als schief angeordnetes Geschirr, sind ungelöste mysteriöse Fälle – und Marie Holstein. Dennoch kann der neurotische Rentner nicht nein sagen, als Marie in um Hilfe bei der Aufklärung des rätselhaften Todes von Gertrud von Timmenbach bittet.

Der 29-jährige **Santiago Navarro** nimmt seinen Job sehr ernst. Nicht nur, weil ihm seine Karriere bei der Mordkommission der Policía Nacional wichtig ist, sondern auch, weil er Gerechtigkeit will. Doch sein Vorgesetzter steht ihm meist im Weg und bremst ihn aus. Beim Surfen hingegen muss sich Santiago nicht ausbremsen lassen und genießt die Zeit im Wasser und in der Sonne.

Für den neuesten Klatsch und Tratsch ist man bei **Alba** an der richtigen Adresse. Die sympathische Dame betreibt seit Jahren ihre Boqueria, einen kleinen Supermarkt, an der Promenade von Caví. Ihr Kaffee und ihre Baguettes erfreuen sich großer Beliebtheit.

Cassandra arbeitet ebenfalls im Beach Residence & Spa. Sie hat nicht die deutsche Gründlichkeit inne und geht die Dinge gern entspannt an. Mit ihrer frechen Art versüßt sie Marie oft die Zeit an der Rezeption. Wenn sie nicht arbeitet, entspannt sie sich gerne am Strand oder in einer Bar.

Die 49-jährige Hotelbesitzerin **Yolanda Ramirez** ist ein Tornado auf zwei Beinen. Wo sie hingeht, entsteht Trubel und Chaos. Besonders wichtig ist ihr der Ruf des Hotels, der so einige Male ins Wanken gerät.

Rubio Alonso ist Kriminalkommissar bei der Policía Nacional. Verbrecher jagen und über mögliche Tathergänge nachzudenken ist ziemlich anstrengend. Deshalb verbringt Rubio seine Zeit lieber in Cafés und Restaurants, wo er sich den Bauch vollschlägt oder seinen Lieblingskräuterlikör Hierbas trinkt – das Ermitteln überlässt er lieber Santiago.

DER Mallorca MORD CLUB

LAURA NIELAND

Ein tiefer Fall

be THRILLED

Vollständige ePub-to-Print-Ausgabe des in der Bastei Lübbe AG erschienenen eBooks »Der Mallorca Mord Club – Ein tiefer Fall« von Laura Nieland

beTHRILLED in der Bastei Lübbe AG

Textredaktion: Dorothee Cabras
Lektorat/Projektmanagement: Kathrin Kummer
Covergestaltung: Christin Wilhelm, www.grafic4u.de unter Verwendung von Motiven von © mffoto/shutterstock; © ilolab/shutterstock
Satz: 3w+p GmbH, Rimpar
Druck: Books on Demand GmbH, Norderstedt

ISBN 978-3-7413-0447-7

be-thrilled.de
lesejury.de

Für meine Geschwister.
Ihr geht beide euren eigenen Weg. Ich bin so stolz auf euch!

Prolog

Es war ein guter Tag zum Wandern. Nicht zu stürmisch, aber es wehte ein kräftiger Wind, der Candelas verschwitzte Haut abkühlte. Zwischendurch brach die Sonne durch eine dichte Wolkendecke, sodass es einen angenehmen Wechsel aus Wärme und Schatten ergab.

Je höher Candela Soler stieg, desto windiger wurde es. Doch in ihren bequemen Sportschuhen hatte sie einen guten Halt auf dem unebenen Weg, auf dem hin und wieder Geröll abging.

Zwischen den Steinen und Felsen, die sich ab und an aus dem Grün des dichten Buschwerks erhoben, raschelten hohe, trockene Grasbüschel im Wind. Die Bäume wurden hier oben lichter und gaben den Blick auf die grauweißen Wolken vor dem blauen Himmel frei. Wildblumen wie die *Aulaga* mit ihren leuchtenden Sternblüten überwucherten hier und da einige Felsflächen und ergaben wunderschöne gelbe Farbtupfer.

Chorizo, Candelas weißer Pekinese, legte ein gutes Tempo vor. Zwischendurch wich er immer wieder von dem steilen Weg ab, verschwand dann zwischen Büschen oder hinter höheren Gräsern und scheuchte so manche Eidechse oder Turteltaube auf.

Der Wind säuselte und pfiff durch die knorrigen Äste.

Candela ging regelmäßig in den Bergen wandern, und sie genoss es sehr. Das war ihr Ausgleich zu den langen Stunden, die sie bei schönstem Wetter in ihrer Boutique im Dorf Caví verbrachte. Sie liebte ihr Geschäft und ihren Job, keine Frage. Aber auch sie musste zugeben, dass es ihr manchmal schwerfiel, den ganzen Tag den Laden zu hüten, während Touristen gut gelaunt und unternehmungslustig an ihr vorbei zum Strand pilgerten. Candela brauchte einfach morgens diese besondere Zeit für sich, während sie immer den Blick auf das türkisfarbene Wasser und den noch relativ leeren Strand gerichtet hielt und das Lachen einiger weniger Kinder und das Rauschen des Meeres zu ihr drangen.

Dabei traf sie hier weit seltener auf Touristen als im Ort, und wenn, dann waren es nie dieselben.

An diesem Morgen hatte sie bereits die beiden jungen deutschen Angestellten des Hotels *Beach Residence & Spa* Marie und Cassandra unten am Strand getroffen. Diese waren schon in den frühen Morgenstunden bei Sonnenaufgang unterwegs gewesen, hatten aber den kleineren Berg bestiegen. Das hatte Cassandra nicht daran gehindert, ihrem Unmut Luft zu machen, wenn auch auf charmante Art und Weise. Schwitzend und schnaubend hatte sie Marie für die körperliche Anstrengung verflucht. Diese hatte ihre Freundin daraufhin fröhlich aufgezogen. Candela schmunzelte, als sie daran dachte. Die beiden jungen Deutschen pflegten inzwischen eine innige Freundschaft, wie sie wusste.

Candela dachte an ihre eigene Freundin Alba. Wehmut erfasste sie. Wie gern würde sie mit ihr mal auf eine

Wandertour gehen! Aber Alba würde nur erheitert lachen und ihr einen Vogel zeigen.

Sie schmunzelte beim Gedanken an die temperamentvolle Mallorquinerin, als Chorizos Bellen sie jäh aus ihren Gedanken riss. Na, das klang aber ärgerlich! Er hatte bereits die Bergspitze erreicht, die auch nur noch wenige Meter von Candela entfernt war. Dahinter fielen die Klippen so steil ab, dass man von oben direkt auf das Meer blicken konnte, das über die Felsen schäumte.

Chorizos Kläffen war nun ein stetiges Stakkato. Der kleine Hund bellte so aufgeregt, dass zu befürchten stand, er würde gar keine Luft mehr bekommen. Was hatte er nun schon wieder für ein Problem? Wahrscheinlich hatte er einen Touristen angetroffen, den er besonders unsympathisch fand. Chorizo hasste Fremde. Wobei er auch Leute, die er kannte, nicht gerade mit Liebesbekundungen überhäufte. Nein, korrigierte Candela sich, ihr, seinem Frauchen, hatte er schon sein kleines Hundeherz geöffnet. Doch ihm war einfach jeder Mensch suspekt, bis er ausgiebig hinter den Ohren gekrault, freundlich angesprochen wurde oder – noch wirkungsvoller – ein Leckerli zugesteckt bekam. Bei Chorizo ging die Liebe eindeutig durch den Magen, und der edle Spender konnte sich dann Chorizos ewiger Anhänglichkeit beinahe sicher sein.

Hier oben fegte der Wind durch das hohe Gras und die Wildkräuter, durch die Candela sich nun einen Weg bahnte. »Chorizo«, rief sie. »Aus!«

Der Hund kläffte völlig unbeeindruckt weiter, und Candela entdeckte nun einen groß gewachsenen älteren Mann bei ihm. Sie beschleunigte automatisch den Schritt und bemerkte das wütende Gesicht des Fremden.

»Um Himmels willen«, knurrte er. »Halten Sie mir diesen Köter vom Leib.«

Köter? Candela spürte den Ärger in sich aufkeimen. Ihr Hund war kein Köter! Er war ihr Freund, ihr Sonnenschein, ihr Baby, das Kind, das sie mit Álvaro nie bekommen hatte, alles zusammen. Niemand durfte ihn »Köter« nennen.

»Entschuldigen Sie.« Sie bemühte sich um einen freundlichen Ton, doch ihre Stimme zitterte schon hörbar. Sie griff nach Chorizos Halsband, doch der Pekinese wollte sich gar nicht mehr beruhigen. Wahrscheinlich fand er die unflätige Bezeichnung auch mehr als empörend. Also nahm sie ihn auf den Arm, wo er munter weiterkläffte. Recht hatte er! »Er hat mehr Angst vor Ihnen als Sie vor ihm.«

Zornig blickte der ältere Herr sie an. Sein Haar war bereits ergraut, die Haut zwar gebräunt, wirkte jedoch ungesund braun, als sonnte er sich zu oft und zu lange, und die grünen Augen blitzten bedrohlich.

Automatisch wich Candela einen weiteren Schritt zurück, als der Mann sich von dem Felsen erhob, auf dem er gesessen hatte.

Candelas Herzschlag beschleunigte sich. Doch der Fremde schnaubte nur, winkte ab und verschwand dann.

Erleichtert atmete sie aus. »Chorizo, du Lümmel«, sagte sie tadelnd und kraulte ihrem frechen Liebling den Kopf. Dieser hechelte und blinzelte sie durch seine weißen Fellfranseln unschuldig an. Dabei wirkte er sehr zufrieden mit sich, weil er den schrecklichen Menschen in die Flucht geschlagen hatte. »Du bringst mich hier noch in Schwierigkeiten.« Candela lachte, ehe sie ihren Hund absetzte und zum Rand des Gipfels trat.

Das tat sie immer, wenn sie auf diesem Berg wanderte. Es gab ihr einen Adrenalinkick, wenn sie an den Klippenrand trat. Das Gras kitzelte ihre Knöchel. Vorsichtig lehnte sie sich vor.

Es sah aus, als wäre ein Stück Fels aus dem Berg herausgebrochen und ins Meer gefallen. Einige Hundert Meter ging es steil bergab, vorbei an spitzen Felsen, während unten noch mehr Fels und die Wellen warteten, die einen verschlingen würden, sollte man dort hinunterfallen.

Ein Schauer glitt über Candela. Sie war immer erfüllt von Ehrfurcht, wenn sie hier oben stand. So hoch, dass es wirkte, als könnte sie die fluffigen Wolken über sich berühren. Der Himmel strahlte hier noch intensiver, und als ihr Blick von den schäumenden Wellen über das dunkelblaue Meer glitt, konnte sie in die Ferne des Horizonts blicken. Das unendlich scheinende Blau des Meeres verschmolz mit dem Cyanblau des Himmels.

Sonnenstrahlen brachen wie Speere aus der Wolkendecke hervor, ließen das Meer schimmern.

Mit einem Lächeln auf den Lippen atmete Candela tief ein. Ihr Blick schweifte über ihre Schulter zu Caví, ihrem Heimatort. Der weiße Strand, der in der rotbraunen Promenade und den Klippen mündete. Die bunten Häuser und die roten Tondächer. Das immer reger werdende Treiben auf den Straßen.

Könnte dieser Moment hier oben, hoch über all den Dingen, doch nur ewig währen! Aber das tat er nicht. Er endete nur all zu abrupt, als eine viel zu starke Windböe Candela erfasste. Chorizo jaulte erschreckt auf.

1.
Sport ist Mord

Marie Holstein ließ sich auf einem Felsbrocken nieder. Ihr Herz klopfte hart in der Brust, und der Schweiß rann ihr über Rücken und Dekolleté. Sie war etwas außer Atem, nicht zu viel, was sie der Tatsache zu verdanken hatte, dass sie regelmäßig joggte.

Der Wind pfiff durch die Wipfel der Kiefern, ließ die Äste knarren und ächzen. Über ihr nahmen mit der aufgehenden Sonne die Wolken mehr und mehr ihre weiße Farbe an. Als ihre Freundin Cassandra Kramer und sie pünktlich zum Sonnenaufgang oben auf dem Gipfel gewesen waren, hatten die Wolken noch rotgolden geschimmert, während die Sonne die letzten Schatten um sie herum vertrieben hatte.

Nun war die Welt wieder voller Farbe. Kräftiges Grün umgab sie, vor ihnen das türkise Meer mit dem Sandstrand und am Ende die Promenade mit den mediterranen Altbauten, die sich dicht an dicht reihten. Die Tondächer glühten in der Morgensonne. Als wäre die

Welt nun auch endlich erwacht, blies eine kräftigere Brise und kühlte Maries erhitzte Haut.

Marie atmete tief den Geruch des Meeres ein, der sich mit dem harzigen Parfum des Kiefernwaldes mischte. Das war der Duft ihres neuen Lebens!

Seufzend entließ sie den Atem aus ihren Lungen, während sie den Sitz ihrer Schuhe korrigierte. Auf den letzten Metern bergab hatten diese angefangen, an ihren Fersen zu scheuern. Sie hatte keine Lust auf eine schmerzhafte Blase.

Hinter ihr ertönte ein Schnaufen. »Memo an mich selbst«, Cassandra keuchte, »an meinen nächsten freien Tagen keine Zeit mehr mit Marie verbringen.«

Marie lachte und verdrehte die Augen.

Cassandra ließ sich ächzend neben ihr auf den Fels fallen. Ihr Gesicht war gerötet, Schweiß glitzerte auf ihrer Stirn. Nach Luft japsend öffnete sie ihre Wasserflasche und schüttete den Inhalt förmlich in sich hinein.

»Eine Wandertour zum Sonnenaufgang ist doch richtig schön. Es ist noch nicht zu heiß, wir bewegen uns und sehen die Insel von einer ganz anderen Seite.« Marie strahlte. Mit ihrer Freundin den Aufgang der Sonne anzuschauen, nachdem sie den Berg erklommen hatten, war eine Belohnung für sie gewesen. Einige Zeit hatten sie dort verweilt und dabei zugesehen, wie unter ihnen Caví erwachte.

Als die Sonne dann schon weiter aufgestiegen war, hatten die beiden Freundinnen sich wieder auf den Rückweg gemacht.

Unten angekommen, hatten sie vor wenigen Minuten Candela getroffen, die mit ihrem frechen Pekinesen Chorizo zu einer Wanderung aufgebrochen war. Das tat sie beinahe jeden Morgen, und Marie musste zugeben, dass man Candela die regelmäßige körperliche Ertüchtigung ansah. Sie war schlank, und unter ihrer braunen Haut zeichneten sich sehnige Muskeln ab. Sie hatte an diesem Morgen einen türkisfarbenen Trainingsanzug getragen, dazu ihre neuen Sportschuhe, die sie den beiden Frauen stolz präsentiert hatte.

»Ich habe noch nichts gegessen, und jede Art von Sport ist Mord«, meldete sich Cassandra brummend zurück.

»Dann haben wir uns jetzt unser Frühstück redlich verdient.« Marie grinste.

Cassandra stöhnte. »Du wirst mich den Rest der Strecke tragen müssen.« Wie um ihre Aussage zu unterstreichen, sackte sie zusammen und ließ ihre Gliedmaßen von sich baumeln.

»Ach, komm. Hab dich nicht so.«

»Den nächsten freien Tag plane ich. Das steht schon mal fest.«

»Gerne«, sagte Marie, die sich ein Lachen verkneifen musste.

Eine Stunde später saßen die beiden Frauen geduscht und in luftigen Sommerkleidern auf der Terrasse des Cafés *La Vista*, das Carla und Carlos Herrera gehörte. Inzwischen hatte die Hitze die kühle Morgenluft verdrängt. Das hinderte die Frauen jedoch nicht daran, sich in die Sonne zu setzen und das Prickeln der Strahlen auf ihrer Haut zu genießen.

Maries Blick glitt über das Meer, das im Sonnenlicht glitzerte. Einige Stand-up-Paddler fuhren mit ihren roten und gelben Boards auf das Wasser hinaus. Ein paar Meter entfernt lagen die ersten Boote vor Anker und schwankten über die Wellen. Ihre weißen Segel hoben sich gegen das Blau des Horizonts ab. Ihnen gegenüber reckten sich die Berge mit den grünen Farbtupfern in den Himmel.

Der Strand füllte sich zu dieser Uhrzeit bereits mehr und mehr mit Touristen. Sie breiteten ihre Decken aus, wateten mit Luftmatratzen und Schwimmringen ins Wasser, während einige Kinder juchzend mit den Wellen spielten. Der Wind trug ihr vergnügtes Kreischen sogar zum Café hinauf.

Lächelnd widmete sich Marie wieder der Karte. »Was essen wir denn Leckeres?« Ihr Magen knurrte hörbar, als sie die verschiedenen Speisen auf der Karte studierte. Sauerteigbrot mit Avocadocreme und Spiegelei, Rührei, Croissant und andere regionale Köstlichkeiten wie Käse und Wurst, Oliven …

Während Cassandra sich für ein süßes Frühstück mit Croissants, Nougatcreme und Marmelade entschied, wählte Marie einen Avocadotoast mit Rührei und frischen Tomaten. Dazu tranken sie Kaffee und frisch gepressten Orangensaft.

Als ein Kellner das Essen servierte, stieg ihnen ein süßer und deftiger Duft in die Nase.

»Das sieht alles wirklich lecker aus«, schwärmte Cassandra und sog demonstrativ den Duft der Speisen tief ein.

»Ja«, pflichtete Marie bei und seufzte bei dem Ausblick, den sie so auch nicht jeden Tag beim Frühstück genießen konnte. »Schade, dass Carlos und Carla das Café bald schließen müssen.«

»Ja. Das ist wirklich schade.« Cassandra nickte.

Schon länger hatten die Besitzer des *La Vista* finanzielle Schwierigkeiten.

Cassandra nippte an ihrem Kaffee und wechselte das Thema. »Und? Wie läuft es mit den Ersparnissen für deine Bar?«

Marie salzte ihr Spiegelei nach. »Ach, weißt du, ich habe schon ein bisschen Geld zusammen, aber das reicht noch nicht, um mich wirklich selbstständig zu machen«, antwortete sie und hob die Schultern.

Nickend tauchte Cassandra ihr Croissant in die Nougatcreme. »Ich verstehe. Aber bleib dran.« Herzhaft biss sie in das Gebäck, während sie sich zu allen Seiten umschaute. »Carla und Carlos geben ihr Café auf, oder? Eine Weile sah es ja so aus, als würden sie sich wieder berappeln, aber jetzt ist es wohl offiziell«, flüsterte sie. Was absolut unnötig war, denn sie beide waren im Augenblick die einzigen Gäste auf der Terrasse, und auch von den Wirtsleuten war niemand zu sehen.

Marie nickte langsam. »Ja, sie können es nicht mehr halten.« Es stimmte Marie traurig. Schließlich hatte am Anfang vom *La Vista* Carlas und Carlos' Traum gestanden. Diesen nun begraben zu müssen war für die beiden sicherlich nicht leicht. Vor allem, weil ihre Scheidung kurz bevorstand.

»Das wäre eigentlich der perfekte Ort.« Cassandra stützte den Kopf auf der Handfläche ab, den Ellenbogen aufgestützt.

Marie sah über das glitzernde Meer hinauf zu den Bergen, an denen sanftes Grün emporkletterte. Sie stellte sich vor, dass das hier ihre Bar war und wie Gäste ihre Cocktails und Snacks auf der Terrasse vor dieser atemberaubenden Kulisse genießen konnten. Sie seufzte verträumt. »Ja, aber so schnell bekomme ich das Geld nicht zusammen.« Marie widmete sich wieder ihrem Avocadotoast.

Mit der Kaffeetasse in der Hand lehnte Cassandra sich zurück und leckte sich etwas Nougatcreme von der Lippe. »Du könntest einen Kredit aufnehmen. Ich glaube, eine Bar würde an dieser Stelle viel besser funktionieren als ein Café, das Frühstück, Brunch und Dinner anbietet. Schließlich betreibt ja schon der Nachbar ein gut laufendes Restaurant. Du wirst ihn schnell abbezahlen.«

»Vielleicht.« Marie dachte darüber nach. Natürlich könnte sie einen Kredit aufnehmen, vielleicht würde sie das sogar müssen. Aber sie fühlte sich nicht wohl bei dem Gedanken, der Bank eine größere Summe Geld zu schulden. Sie wollte schnellstmöglich unabhängig sein. »Ich muss einfach geduldig sein.« Sie trank einen Schluck Orangensaft. Der süße Geschmack breitete sich auf ihrer Zunge aus.

»Du machst das schon«, sagte Cassandra und lächelte breit. »Und wie klappt es so mit Santiago? Das nächste Mal kannst du ja mit ihm wandern gehen, dann bin ich fein raus.« Sie lachte laut auf.

Kichernd schüttelte Marie den Kopf. »Ach, komm. Das hat uns doch gutgetan, und wir können gleich direkt zum Strand gehen.«

»Du weichst meiner Frage aus.« Mit einem breiten Grinsen kniff Cassandra die Augen zusammen.

Marie schluckte einen Bissen Toast herunter, der ihr beinahe im Hals stecken geblieben wäre.

Da schien auch Cassandra zu bemerken, dass ihrer Freundin das Thema unangenehm war. Besorgt legte sie die Stirn in Falten. »Was ist? Seht ihr euch nicht mehr?«, fragte sie erschrocken.

Nachdenklich stocherte Marie in ihrem Ei. »Er hat sich schon länger nicht mehr gemeldet. Ich weiß nicht, ob er noch Interesse an mir hat.«

»Dann ruf ihn doch mal an. Selbst ist die Frau.« Cassandra nickte aufmunternd.

»Ich weiß nicht.« Marie zuckte mit den Schultern. Sie spülte einen Bissen Toast mit Kaffee herunter. »Ich möchte ihn nicht nerven.«

»Du nervst ihn bestimmt nicht. Vielleicht ist er so ein Mann, der erobert werden will.« Cassandra blinzelte gegen die Sonne.

»Genug davon«, sagte Marie, um das Thema zu wechseln. Sie trank den letzten Schluck Orangensaft. »Na los, ab in die Bikinis und ins Meer.«

2.
Vermisst

Marie und Cassandra hatten den freien Mittwoch mit viel Wein auf den Felsen ausklingen lassen, während die Sonne am Horizont tiefer und tiefer gewandert war.

Den heutigen freien Donnerstag würde Marie wohl nicht am Strand verbringen können. Über Caví hatten sich dunkle Wolken zusammengebraut. Seit den frühen Morgenstunden prasselte der Regen unaufhörlich auf die Straßen. Wasser rann an den Gehwegen entlang und in die Gullideckel.

Bei diesem Wetter war Marie lieber zu Fuß unterwegs als mit ihrem gelben Roller. In den Vorgärten einiger Ferienhäuser wankten die schweren Blüten von Mimosen und Trompetenblumen im Wind. Ihr strahlendes Gelb wirkte bei diesem Wetter zwar seltsam gedämpft, bildete jedoch noch immer einen starken Kontrast zu den düsteren Wolken.

Kälte kroch unter Maries dünne rote Regenjacke. Sie fröstelte, während sie sich mit dem ebenfalls roten Regenschirm vor den Tropfen zu schützen versuchte. Doch der Regen schien gerade von allen Seiten zu kommen.

Marie stapfte durch Pfützen und schlitterte über das rutschige Kopfsteinpflaster in den schmalen Gassen. Frischer Regenduft erfüllte die Luft.

Plätschern und Rauschen stellten die vorherrschende Melodie an diesem Morgen dar. Kaum ein Tourist verirrte sich in die Straßen des mallorquinischen Ortes Caví. Nur wenige Autos bahnten sich ihren Weg durch die Häuserzeilen.

Das Leben im Dorf schien still zu stehen.

Als Marie auf die Promenade trat, grollte Gewitter in der Ferne über dem Meer. Dunkle Wellen türmten sich auf, krachten schäumend über die Felsen und brachen sich am Strand, wo sich bereits große Mengen Treibholz und Quallen sammelten.

»Guten Morgen.« Marie trat in *Albas Boqueria* und betrachtete aus dem Schaufenster den kleinen Bach, der die Promenade hinabfloss.

»*Hola, chica.*« Alba schnaufte, während sie eine Kiste mit frischen Tomaten hinter den Tresen schleppte.

Marie drehte sich zu ihr um. »Brauchst du Hilfe?«

»*No, no.*« Sie winkte ab und machte sich umgehend daran, Maries allmorgendlichen Cappuccino zuzubereiten. Normalerweise verfiel sie dabei in einen fröhlichen Monolog, in dem sie Marie den neuesten Tratsch verriet, der in Caví die Runde machte. Doch heute schwieg ihre Freundin bedrückt, sodass Marie die Stirn runzelte und sie besorgt musterte.

Was ist los mit ihr? Ist es das Wetter?, fragte Marie sich. »Alba, ist alles in Ordnung?«, erkundigte sie sich, als die Mallorquinerin ihr den Cappuccino herüberschob.

Alba winkte ab. Heute wirkte sie älter als sonst. Ihr

Haar, das sie normalerweise zu einem Zopf oder Knoten im Nacken zusammengebunden hatte, war nicht so ordentlich gebändigt wie sonst. »Ich mache mir Sorgen, große Sorgen. Hast du es noch nicht gehört, Marie?«

Sie hatte keine Ahnung, wovon die Ladenbesitzerin da sprach. Schließlich erfuhr sie brandheiße Neuigkeiten und den aktuellen Inselklatsch immer von Alba. »Was soll ich denn gehört haben?«

Alba fuhr sich über das Gesicht. »Candela wird seit gestern vermisst.«

Marie klappte der Unterkiefer herunter. Beinahe wäre ihr der Cappuccino-Becher aus der Hand gerutscht. Es dauerte einige Sekunden, bis sie die Information verarbeitet hatte. Blinzelnd starrte sie Alba an. »Was? Was ist passiert? Ist sie verschwunden?«

»*Sí.*« Alba seufzte schwer und wischte über die Theke, dann stemmte sie eine Hand in die Hüfte und schüttelte nachdenklich den Kopf. »Ich kann es gar nicht glauben.«

»Aber … aber Cassandra und ich haben sie gestern Morgen doch noch gesehen. Beim Wandern.«

Alba blickte sie traurig an. Ihre dunklen Augen hatten den üblichen Glanz verloren. »*Sí, chica,* sie geht regelmäßig in die Berge. Aber gestern kam sie nicht mehr zurück. Chorizo auch nicht.«

»Das ist ja furchtbar!« Marie schüttelte bestürzt den Kopf und trat zu ihrer Freundin hinter die Theke, um sie in den Arm zu nehmen.

Alba drückte sie fest an sich. »Álvaro macht sich große Sorgen, dass ihr etwas passiert ist. Gestern hat er schon überall nach ihr gefragt, als sie nachmittags noch immer nicht nach Hause gekommen war. Gegen Abend hat er dann fast ganz Caví durchkämmt. Ist ihre üblichen Wanderrouten abgelaufen.« Alba löste sich aus der

Umarmung und wischte sich eine Träne von der Wange. »Aber *nada.*«

Maries Herz klopfte schmerzhaft gegen die Rippen. »Hatte es denn vielleicht Streit mit Álvaro gegeben? Vielleicht brauchte sie ja mal ein bisschen Abstand …«

Doch Alba schüttelte entrüstet den Kopf. »Nein. Und sie hat keinerlei Nachricht hinterlassen! Das ist nicht ihre Art. Sie hätte mir auf jeden Fall etwas gesagt.«

Marie starrte fassungslos vor sich hin. Am vergangenen Morgen hatte sie Candela noch gesehen, und nun sollte sie einfach verschwunden sein? In ihr braute sich eine dunkle Vorahnung zusammen wie die Gewitterwolken über Caví. Sie schluckte hart. Am liebsten hätte sie etwas Optimistisches gesagt. Aber ihr wollte partout nichts einfallen. Vielleicht besteht ja auch die Chance, dass Candela wieder auftaucht, dachte Marie hoffnungsvoll. Doch wie wahrscheinlich war das? Eine Frau, die wie fast jeder andere Dorfbewohner einem festen Tagesablauf folgte, fiel plötzlich aus ihrer Routine, ohne ein Wort, ohne jede Erklärung. Und auch wenn sie den Tag anders verbracht hatte als sonst, wäre sie doch sicherlich spätestens am Abend zu ihrem Mann Álvaro nach Hause zurückgekehrt. Was also war geschehen?

Marie spürte, wie ihr Hals eng wurde, und unwillkürlich musste sie an die Todesfälle der letzten Zeit denken, die sich schließlich als Mord entpuppt hatten. Erst Gertrud von Timmenbach, die in der Sauna im *Beach Residence & Spa* gestorben war, dann der Schlagersänger Malcom Melone, der tot in einer Bucht aufgefunden worden war. Beide Male hatte Marie die Leichen gefunden …

Aber vielleicht musste sie sich einfach damit abfinden, dass auch auf einer Urlaubsinsel wie Mallorca, wo das Leben süß wie Eis schmeckte, Menschen starben.

Marie schüttelte den Kopf, um diese Gedanken zu vertreiben. Daran wollte sie jetzt gar nicht denken! Vielleicht war Candela *nur* gestürzt.

»War denn etwas anders mit Candela? Auf mich hat sie gestern ganz normal gewirkt, als wir uns mit ihr unterhalten haben.« Marie versuchte, eine andere Erklärung zu finden als die, dass Candela womöglich etwas Schwerwiegendes zugestoßen war.

»Ich kenne Candela seit mehr als zwanzig Jahren. Wir haben beinahe zeitgleich unsere Läden hier eröffnet beziehungsweise übernommen, und ich kann mich an keinen einzigen Tag erinnern, an dem etwas Ähnliches geschehen wäre oder sie unangekündigt die Boutique geschlossen gelassen hätte«, sagte Alba traurig. Sie schüttelte den Kopf. »Nein. Es war alles wie immer. Das sieht ihr nicht ähnlich. Sie würde niemals einfach weggehen, ohne jemandem eine Nachricht zu hinterlassen. Und Álvaro hat das ganze Haus, die ganze Boutique nach einem Brief abgesucht – vergebens! Alle ihre Kleider und ihre Papiere sind noch da. Auch das Hundefutter, Chorizos Napf – einfach alles.« Alba blickte bestürzt auf ihre Hände.

Es brach Marie das Herz, ihre Freundin so voller Sorge und Kummer zu sehen. »Hat Álvaro denn schon die Polizei verständigt?«

»*Claro.* Aber die wollten ihm erst gar nicht helfen, haben den ganzen Tag verstreichen lassen, bis sie sich mal in Bewegung gesetzt haben. Doch er hat Druck gemacht, und sie suchen jetzt nach ihr.«

Marie nickte und atmete auf. »Sie werden sie finden. Sicher hat sie eine andere Route als sonst genommen, ist gestürzt, hat sich ein Bein gebrochen oder stark verstaucht und kann nicht mehr gehen. Und jetzt wartet sie, dass sie gefunden und gerettet wird. Möglicherweise funktioniert ihr Handy nicht, oder der Akku ist leer, sodass sie keine Hilfe rufen kann.« Marie wollte sich selbst an diesen Gedanken klammern. Sie durften nicht gleich vom Schlimmsten ausgehen.

Alba wischte sich über ihre feuchten Wangen. »*Sí*, vermutlich hast du recht, *chica.*« Dankbar tätschelte sie Maries Oberarme.

Als Marie sicher war, dass es Alba besser ging, wagte sie sich wieder in den Regen hinaus. Und obwohl es seit den frühen Morgenstunden nicht aufgehört hatte zu regnen, war es warm und drückend. Sie liebte normalerweise diese warmen Schauer, den Geruch des Meeres und des Regens, der bei dem drückenden Klima schwer in der Luft waberte. Doch heute, jetzt, da sie wusste, dass eine Frau, die sie kannte und mochte, vermisst wurde, meinte sie, kaum noch atmen zu können.

Mit einem Seufzen folgte sie der Promenade bergab, im Begriff, den Nachhauseweg anzutreten, als das flimmernde Blaulicht der Policía Nacional ihre Aufmerksamkeit auf sich zog.

An diesem Morgen wurde Christian Munker nicht von seinem Wecker, sondern von einem ganz seltsamen Geräusch geweckt. Was war denn das? War das etwa …?

Als er sich in seinem Bett aufsetzte, schaute er durch den Schlitz zwischen den Vorhängen nach draußen und erblickte schwere graue Wolken, die sich dicht über die Baumwipfel schoben. Und tatsächlich: Dicke Regentropfen prasselten gegen die Fensterscheibe seines Schlafzimmers.

Dabei liebte Christian doch das sonnige Wetter auf Mallorca – deshalb war er schließlich auf die Insel und in diese Hotelanlage gezogen. Natürlich gab es auch hier mal Regentage. Trotzdem erfreute er sich besonders im

Sommer an der Beständigkeit des mallorquinischen Wetters. Aber – und das überraschte ihn selbst – an diesem Morgen freute er sich sogar über die kleine Abwechslung.

Das ist bestimmt Maries verfluchter Einfluss, dachte er kopfschüttelnd. Diesem ihrem Einfluss war es nämlich auch zu verdanken, dass er sich für diesen Morgen eine Massage gebucht hatte. In der letzten Zeit war er im Nacken sehr verspannt. Marie nervte ihn so oft damit, endlich mal aus seinem lieb gewordenen Alltagstrott auszubrechen und etwas Neues auszuprobieren. Dabei hasste er normalerweise »Neues« wie der Teufel das Weihwasser. Na ja, jedenfalls hatte er es mal gewagt. Eigentlich war es ihm ja zuwider, sich von einem Fremden berühren zu lassen. Doch er beschloss, dem Ganzen eine Chance zu geben. Schließlich wollte er seine Rente genießen. Vielleicht entspannte ihn das … und half noch dazu tatsächlich seinem Nacken.

Geradezu unternehmungslustig schlüpfte Christian aus dem Bett und ordnete wie immer sofort die Decke. Sorgfältig schüttelte er sie aus und ließ sie mit einer geschmeidigen Bewegung auf die Matratze sinken. Dann strich er den Stoff gerade, schlug die oberen dreißig Zentimeter um, aber exakt so, dass die Kanten aufeinanderlagen. Dann widmete er sich akribisch dem Kopfkissen. Auch das musste parallel zum Oberbett liegen. Aber erst mal kräftig ausschütteln. So. An diesem Morgen brauchte er etwas länger, um die Falten herauszustreichen.

Anschließend zog er die Gardinen zurück, so weit, dass sie gleichauf mit den Fensterrahmen waren. Zufrieden betrachtete er das penibel aufgeräumte Zimmer, als er etwas erhaschte, was die schöne Ordnung störte. Das Bild über seiner Kommode hing schief! Für einen Laien wahrscheinlich nicht erkennbar, es handelte sich nur um wenige Millimeter. Aber Christian sprang das gleich ins Auge. Er hatte für so was einen Blick. Wahrscheinlich hatte der Putzdienst diese kleine Schieflage beim Staubwischen verursacht. Ts, ts, ts.

Eilig durchschritt er den Raum, richtete den Rahmen, trat kurz zurück und lächelte dann zufrieden. Die Ordnung war wiederhergestellt. So konnte der Tag starten!

Nachdem Christian seine Morgentoilette hinter sich gebracht hatte, eilte er durch den Regen zum Hotel und schritt dann, die Zeitung unter den Arm geklemmt, zum Speisesaal. Dort genoss er seinen Kaffee, sein allmorgendliches Vollkornbrot mit Käse, Gurken und gekochtem Ei.

Direkt im Anschluss trat er an die Rezeption. Von Marie war nichts zu sehen. Da war wieder die hektische Dame, die übermäßig transpirierte und noch nervöser wurde, wenn man sie ansprach. »Guten Morgen«, sagte Christian und räusperte sich.

Die Rezeptionistin wirbelte herum, als überraschte es sie, gerade hier angesprochen zu werden. Sie erschrak und ließ einen Stapel Papiere fallen. »Oh«, murmelte sie und blickte auf das Chaos, das sie angerichtet hatte. Dann schluckte sie und sah sich zu allen Seiten um, als wollte sie sichergehen, dass niemand anders diese Aufgabe für sie übernehmen konnte. »Äh … ja … äh … Wie kann ich Ihnen helfen?«

»Ich habe einen Termin gebucht. Für eine Massage.«

Die Rezeptionistin – Christian meinte, dass ihr Name Sara war – wühlte sich hektisch durch zwei Ordner, ging dann an den PC und blickte – nun mit Schweißperlen auf der glatten Stirn – zu ihm auf. »Um wie viel Uhr, wenn ich fragen darf?«

Christian blickte auf seine Armbanduhr. »Ja, natürlich exakt jetzt.« Schließlich war er stets pünktlich. Das sollte diese junge Frau inzwischen auch wissen.

»Okay … äh … dann gehen Sie bitte durch. Sie bekommen ein Handtuch und einen Bademantel.«

Christian nickte und schlenderte in den Spa-Bereich. Dort schlug ihm feuchtwarme Luft entgegen.

Im Massageflügel zu seiner Rechten wurde er von einer großen, schlanken Frau begrüßt. Sie trug ein warmes Lächeln auf den Lippen. »Sie müssen der Herr Munker sein.«

»Ganz recht. Ja, freut mich. Wie ist denn Ihr werter Name?«

Anstatt Christians ausgestreckte Hand zu ergreifen und seine Frage zu beantworten, riss die Frau die Augen auf und fuchtelte aufgeregt in der Luft herum. »Sie haben eine unheimlich dunkle Aura, wissen Sie das?«

Christian hob die Brauen. »Wie? Was?« Er sah sich irritiert um.

»Ich sehe, dass Sie vieles mit sich herumtragen. Schweres. Lasten. Sie sind *so* verspannt.«

Christian unterdrückte den Drang, die Augen zu verdrehen, und blickte die Frau ernst an. »Hm, ja. Deswegen bin ich ja auch hier. Wegen einer Massage.«

»Ja«, rief die Dame. Sie wandte sich um. »So viel negative Energie!«

Christian zog die Brauen zusammen. Dunkle Aura? Negative Energie? Dabei war er bis gerade eben verdammt noch mal die gute Laune in Person gewesen. Wenn die Frau so weiterquatschte, dann wurden seine Aura höchstens noch dunkler und seine Verspannungen schlimmer.

Die Frau überreichte ihm einen weißen Bademantel und ein Handtuch. »Wenn Sie fertig umgezogen sind, kommen Sie zu mir in den Raum.« Sie deutete auf die Tür zu ihrer Linken.

Christian schlurfte in die Umkleide, entledigte sich seiner Kleidung – bis auf die Unterhose – und schlüpfte in den vorgewärmten Bademantel. Das war ja schön!

Als er den kleinen Massageraum betrat, ergriff ihn unmittelbar ein Hustenanfall. Was war denn das? Furchtbar! Wollte sie ihn ersticken? Christian blinzelte.

Die Dame wedelte allen Ernstes mit Räucherstäbchen vor seiner Nase herum und steckte sie dann in kleine Ständer auf einem Beistelltisch. »Das vertreibt die schlechten Energien.«

Und nicht nur die. Wenn die Frau, deren Namen er immer noch nicht wusste, so weitermachte, dann würde sie vor allem *ihn* vertreiben. Und das auf allerschnellstem Weg. »Wenn Sie so freundlich wären, den Schnickschnack … äh, die Räucherstäbchen auszumachen … Die kratzen mir im Hals.«

Doch sie ignorierte seine Bitte. »Nein, nein, die tun Ihnen gut, warten Sie nur ab. Lassen Sie sich ganz und gar treiben.« Sie schaltete die Stereoanlage ein, und das Plätschern eines Wasserfalls erfüllte mit einem Mal den Raum.

Christian klappte den Mund auf und schloss ihn wieder. Treiben lassen, aha. Wohin denn? Er lag noch nicht einmal auf der Massage-Liege und bereute bereits aus ganzem, vollem Herzen, aus seiner geliebten Routine ausgebrochen zu sein.

»Legen Sie sich bitte hin, Herr Munker.«

Christian glitt aus seinem Bademantel und legte sich umständlich auf die Liege. Nervös zupfte er an seiner Feinrippunterhose. Den Kopf legte er auf die Gesichtsauflage.

Die Dame summte, während sie mit irgendwelchen

Tiegelchen und Töpfchen klapperte, ehe sie plötzlich ihre Finger auf seinen Rücken legte. Huch! Was schmierte sie ihm denn da auf die Haut? War das Öl?

Ja, war es, wie sie ihm kurz darauf wortreich bestätigte. Es sollte seine »Sinne wecken« und ihn »weich und geschmeidig« machen, wie die junge Frau sich ausdrückte. Er, Christian Munker, weich und geschmeidig? Hatte man so einen Käse schon mal gehört? Wenn die Dame so weitermachte, würde er gleich so weich und geschmeidig wie eine Kratzbürste sein. Nein! *Entspannen, Christian, du sollst dich entspannen.*

Es dauerte einige Zeit, bis er einen Teil seiner Anspannung lösen konnte. Widerwillig musste er schließlich zugeben: Die Dame ohne Namen wusste, wie sie über seine Muskeln gleiten musste. Das war ja richtig angenehm!

Christian genoss die Ruhe, wenn ihm auch der Geruch der Räucherstäbchen und des »Geschmeidigkeitsöls« unangenehm in Nase und Hals kratzte.

»Haben Sie schon einmal über eine Meditation nachgedacht, Herr Munker?«, fragte sie da.

Christian bekam prompt einen Hustenanfall. »Nein … nein, nicht wirklich«, antwortete er, nachdem er sich endlich beruhigt hatte.

»Oh, Herr Munker, das sollten Sie aber unbedingt tun! Sie sollten Ihren Geist öffnen und Ihren Horizont immer mehr erweitern, dann bekommen Sie bald die Antwort auf all Ihre Fragen.«

Auf all meine Fragen, soso. »Mein Horizont reicht weit genug, mein Fräulein«, konnte er sich nicht enthalten zu erwidern. Was genug war, war genug.

»Sind Sie sicher?«, fragte sie mit einem zweifelnden Ton.

Christian schluckte den Ärger herunter. Entspannen!,

erinnerte er sich. Er war hier, um sich zu entspannen. Er atmete mehrmals tief ein und aus.

»Wollen Sie heiße Steine zum Schluss? Das ist sooo erlösend!«

»Heiße … Steine?«

»Ja, eine *Hot-Stone-Massage.* Äußerst wohltuend.«

»Wieso nicht?«, brummte Christian. Wenn er einmal hier war …

Er hörte, wie ein Deckel geöffnet wurde. Jedenfalls ließ das ploppende Geräusch ihn das vermuten. »Sie werden begei- oh – verdammt – das ist jetzt … sehr heiß.«

Ein Klatschen ertönte, ein schweres Etwas – ein Stein? – schlug auf seinen Rücken auf, blieb dort liegen. Darunter brutzelte Christians Haut wie ein Steak.

Er riss den Kopf in die Höhe. »Aua!« Er stöhnte auf vor Schmerz.

Gleichzeitig wuselte die Masseurin, die ein paar Schritte zurückgetreten war, wieder auf ihn zu. »Das tut mir so leid, Herr Munker! Lassen Sie mich –«

Er sprang auf. Der Stein purzelte zu Boden, hinterließ dabei ein hohles *Klonk.*

Weil Christian sich aufgerichtet hatte, stolperte die Dame in ihn hinein. Nicht auf die Wucht vorbereitet, plumpste er gemeinsam mit der Dame rücklings auf die Liege. Diese kippte ächzend um, und sie beide landeten auf dem Boden.

Stille folgte, in der nur das Plätschern der Wasserfall-CD zu hören war.

Christian starrte an die gedimmten Lampen an der Decke. Sein Rücken schmerzte höllisch. Dabei war er doch wegen seines Nackens hier gewesen. Er hatte es ja gewusst! Nein, er würde nie wieder etwas Neues ausprobieren!

Neben ihm regte sich die Masseurin, keuchte und stöhnte. »Sehen Sie? Das ist nur Ihr schlechtes Karma. Ihre dunkle Aura.«

Christian richtete sich auf. Nein, das war ganz sicher nicht seine Aura. Das war sein Rücken, und der würde morgen rot sein, verkohlt von dem Stein! Er fühlte sich um mindestens zehn Jahre älter. Schnaubend starrte er auf die Frau und hob eine Braue. »Sie sollten vielleicht weniger bemüht sein, Ihren Horizont zu erweitern, aber dafür mehr darauf achten, dass Ihr Gehirn wach und Ihre Augen offen sind.« Damit erhob er sich.

Nein, Marie, Massage war nichts für ihn.

3.
Keine Spur

Marie zwängte sich durch eine Gruppe in bunte Regenmäntel gekleidete Touristen, die miteinander tuschelten und rätselten, was da vor sich ging. Hier sind die Touristen also, dachte Marie. Sie ärgerte sich über die Schaulustigen, die wie Schildkröten die Köpfe reckten, um besser sehen zu können. Anscheinend war ihnen der Regen gleichgültig, wenn es darum ging, ihre Neugierde zu stillen. Die Gruppe stand in gebührendem Abstand zu den Polizeiwagen, blockierte aber den Zugang von der Promenade zum Strand.

Marie schob sich zwischen weiteren Leuten hindurch, entschuldigte sich und gelangte bis ganz nach vorn. Donner grollte über ihr, während der Regen unaufhörlich auf sie niederprasselte. Kalt und nass.

Marie sah sich suchend um; die bange Vorahnung von eben war zurückgekehrt. Hatte man Candela …? Mehrere Wagen der Policía Nacional standen auf dem Strand. Einige Beamte saßen in den Autos, andere in Regenmänteln hatten sich in Grüppchen versammelt.

Sie suchte nach einem bekannten Gesicht. Da entdeckte sie Álvaro, der sich aufgeregt mit einem Polizisten unterhielt. Vom Regen klebte ihm das graue Haar platt am Kopf. Unter seinen Augen hatten sich dunkle Schatten gebildet, die sogar von hier aus erkennbar waren. Offenbar hatte er eine schlaflose Nacht hinter sich. Kein Wunder. Er wirkte weitaus älter als sonst. Die von Falten gezeichnete Augenpartie war nun noch zerfurchter.

Marie wagte sich nur langsam heran. Doch als Álvaro sie erblickte, entdeckte sie etwas wie Erleichterung auf seinen Zügen.

»Marie, was bin ich froh, dich zu sehen!« Er nickte dem Beamten zu, der ihm eine Frage gestellt hatte, die Marie nicht hatte hören können.

»Álvaro, was ist passiert?« Ihr Herz schlug schneller. Hatten sie Candela gefunden? Und wenn ja, in welchem Zustand war sie? »Wo ist Candela?«

Álvaro stöhnte vor Verzweiflung. »Ich weiß es nicht.« Er fuhr sich durch das nasse Haar und blickte in Richtung Berge, die das Geheimnis für sich behielten. »Sie ist gestern Morgen von ihrer Wanderung nicht mehr nach Hause gekommen. Chorizo ist auch verschwunden.« Regen tropfte ihm von Wimpern und Nasenspitze. »Wir haben gestern Abend mit der Suche angefangen, mussten nach Anbruch der Dunkelheit aber abbrechen. Und jetzt ebenfalls.« Er wies mit dem Kopf verzweifelt zum Himmel. »Das Wetter.«

Wie zur Veranschaulichung zuckte ein Blitz über den schweren, düsteren Himmel. Nach einigen Sekunden folgte ein Grollen, das die Erde unter Maries Füßen erzittern ließ.

»Cassandra und ich haben sie gestern am Fuß der Berge getroffen.«

Álvaros Augen weiteten sich. »Ach ja? W-Wo genau? Wohin ist sie gegangen?«

Marie blickte seufzend zu Boden. »Ich weiß es nicht. Ich habe nicht darauf geachtet, welche Weggabelung sie genommen hat.« Von dem Punkt aus, an dem sie Candela getroffen hatten, führten einige Wege in verschiedene Richtungen. Über die gelangte man auf zwei Berge, unten um sie herum oder an ihnen vorbei zu den Klippen der Küste.

Álvaro stöhnte auf. »Okay«, sagte er enttäuscht. »Wir müssen abwarten, bis sich das Wetter beruhigt hat. Es ist zu gefährlich, die Berge und alle Wanderwege abzusuchen, die zu den Gipfeln führen.« Er trat ungeduldig auf der Stelle. »Ich mache mir solche Sorgen!«

Marie drückte die Oberarme des verzweifelten Mannes. »Wir finden sie bestimmt. Könnte es sein, dass sie verletzt ist und Chorizo nicht von ihrer Seite weicht? Vielleicht warten die beiden auf Hilfe.«

Aus Álvaros Kehle entrang sich ein Laut wie ein Schluchzen. »Ich hoffe es so sehr!«

Plötzlich trat ein weiterer Bekannter hinter einem Wagen hervor. In Maries Magen machte sich ein Flattern breit. Es war Santiago Navarro, der für die Policía Nacional arbeitete. Ihr Herz rutschte bei seinem Anblick eine Etage tiefer. Er trug einen dunkelblauen Regenmantel der Polizei. Die Kapuze verdeckte seine schwarzen Locken. Der Regen perlte über seine braune Haut. Sein Gesichtsausdruck war ernst und konzentriert, sodass die steile Falte zwischen seinen Brauen deutlich hervortrat, wie sie es in solchen Fällen immer tat. Dennoch sah er einfach unwiderstehlich aus, fand Marie.

Seine Anwesenheit löste ein nervöses Beben in ihr aus. Sie hatte ihn so lange nicht gesehen. Wie sollte sie nun reagieren?

»Ah – Santiago.« Álvaro winkte ihn herbei und deutete auf Marie. Er erklärte ihm auf Spanisch, dass sie Candela am vergangenen Morgen gesehen hatte.

Santiagos Lächeln wich einer ernsten Miene. Er trat auf Marie zu. Sie schluckte hart. Nicht zu wissen, wo sie beide nun standen, fühlte sich unangenehm an. Dabei hatte sie vor Kurzem noch gedacht, zwischen ihnen würde sich etwas entwickeln. Sie knibbelte an der Haut ihres Zeigefingers. Dabei rauschten Tausende Fragen durch ihren Kopf. Hatte sie etwas falsch gemacht bei oder nach ihrem letzten Treffen? War er verärgert Oder wollte er schlicht und einfach nichts mehr von ihr wissen?

»Marie, *buenos días.*«

»*Hola.*« Marie bemühte sich, lässig zu wirken, aber sie spürte bereits jetzt, dass sie verkrampft wirkte.

»Du hast Candela gestern gesehen? Wo und wann war das genau?« Er zückte einen Notizblock und ließ die Mine des Kugelschreibers mehrmals klicken.

Natürlich, er geht direkt zum Beruflichen über, dachte Marie, wurde jedoch augenblicklich von einem schlechten Gewissen eingeholt. Es ging nicht um sie und Santiago, sondern um Candela, die vermisst wurde! »Cassandra und ich sind gestern Morgen vor Sonnenaufgang zum Wachturm hochgewandert, und auf dem Rückweg haben wir Candela getroffen, unten, am Felsen auf den Wanderwegen, den man vom Strand aus erreicht. Es war aber an einem Gabelpunkt, von dem sie überallhin gewandert sein konnte. Ich habe nicht gesehen, wohin sie gegangen ist.«

Santiago nickte und schrieb einige Stichpunkte auf. »Wann war das ungefähr?«, fragte er, ohne aufzusehen.

»So gegen acht oder neun Uhr, schätze ich«, erwiderte Marie. »Candela wirkte gut gelaunt und unternehmungslustig. Hat noch mit uns gescherzt.«

Während Marie ihre kurze Begegnung schilderte, entging ihr nicht, dass Rubio Alonso, Santiagos Vorgesetzter, immer wieder grimmig zu ihr herüberlinste. Sein ausgedünntes Haar klebte auf seiner Glatze und in feinen Strähnen auf seiner Stirn. Regentropfen rannen über seine verbraucht wirkende Haut. Die Regenjacke spannte gefährlich über seinem ausladenden Bauch.

Santiago nickte. »Danke.« Hastig verstaute er seinen Block wieder unter dem Regenmantel. »Wenn dir noch etwas einfällt, weißt du ja, wo du mich findest.« Damit wandte er sich um und eilte zu Rubio.

Marie schluckte hart gegen den Kloß in ihrer Kehle an. Bildete sie es sich ein, oder verhielt Santiago sich merkwürdig ihr gegenüber? Betont reserviert? Sie schüttelte den Kopf, um diese Gedanken zu verscheuchen.

Während sie die beiden Polizisten dabei beobachtete, wie sie miteinander sprachen und gestikulierten, wandte Marie sich wieder an Álvaro. »Wann sucht ihr weiter?«

»Sobald es aufhört, zu regnen und zu gewittern«, antwortete Rubio. Beunruhigt blickte er in den Himmel. »Das wird heute wohl nichts mehr. Dabei müssen wir sie finden …« Er seufzte schwer. »Sie wollen nachher noch den Helikopter einsetzen.«

»Ich möchte mich an der Suche beteiligen.«

»Danke.« Álvaro nahm ihre Hand in seine. »Wirklich. So viele aus dem Dorf haben bereits ihre Hilfe angeboten. Sobald das Wetter sich beruhigt, kann die Suche weitergehen.«

4.
Ein unerwarteter tierischer Hotelgast

Zu Álvaros großer Verzweiflung war am Donnerstag keine Suche mehr möglich gewesen. Zwar hatte sich das Gewitter nach einigen Stunden verzogen, doch die Regenmassen und der zusätzlich aufgekommene starke Wind hatten eine Suche in den Bergen unmöglich gemacht.

Mit einigen anderen aus dem Dorf, darunter Alba und der Restaurantbesitzer Marcos, hatte Marie den umliegenden Wald abgesucht. Doch auch hier hatten sie weder Candela noch Chorizo noch einen Hinweis auf die beiden oder eine Spur gefunden.

Über Nacht war der Regen weitergezogen. Allerdings tropfte das Wasser noch von den Nadeln der Kiefern, die die Straße säumten, und den pinken Blüten der Bougainvilleen, als Marie an diesem Freitag mit ihrem Roller zur Arbeit brauste. Es war bereits Mittag, und die Sonne brannte auf den Asphalt herab, sodass die Hitze in der Ferne regelrecht in der Luft flirrte.

Während Marie der Hauptstraße bergauf folgte,

blickte sie über die roten Tondächer der tiefer liegenden Häuser hinweg auf das Meer dahinter. Heute erstrahlte es in einem tiefen Blau. Das Sonnenlicht glitzerte verführerisch auf der Oberfläche.

Stoisch und stolz ragten die Berge in den Himmel. Maries Herz klopfte schmerzhaft gegen ihre Rippen, als sie an Candela dachte. Hatte man sie schon gefunden? War sie vielleicht zurückgekehrt?

Die Suche lief offenbar auf Hochtouren, denn als Marie an *Albas Boqueria* vorbeikam, waren dort die Jalousien heruntergelassen. Ganz bestimmt beteiligte die Ladenbesitzerin Alba sich an der Suche nach ihrer Freundin.

Am Strand war von alldem nichts zu merken. Touristen hatten ihre Decken ausgebreitet und Sonnenschirme aufgestellt. Sie überzogen den Strand als rote, gelbe und blaue Tupfer, während Jugendliche zwischen ihnen hindurch kreischend ins Wasser rannten.

Die ausgelassene Urlaubsstimmung der Leute tat Marie an diesem Tag beinahe in der Seele weh. Sie fuhr zurück in Richtung Hauptstraße und folgte dieser hinauf zum Hotel *Beach Residence & Spa,* in dem sie arbeitete.

Um vierzehn Uhr – pünktlich zum Schichtbeginn – stand Marie hinter dem Tresen der Rezeption, gemeinsam mit ihrer Freundin und Kollegin Cassandra. Diese bändigte gerade ihr blondes lockiges Haar in einem Zopf. Eine zarte Bräune überzog die Haut auf ihrem Gesicht. Sie widmete sich einigen Rechnungen. Immer, wenn sie sich konzentrierte, krauste sie ihre Stupsnase.

Wie erwartet hatte Cassandra bereits von Candelas Verschwinden gehört, denn in Caví sprachen sich Neuigkeiten schnell herum, schlechte wie gute. »Ich frage mich, was passiert ist«, flüsterte sie in Anbetracht der vollen Lobby.

Mehrere Hotelgäste schlenderten umher, suchten die Bar oder die Außenbereiche des Hotels auf. Einige trugen sportliche Kleidung und Wanderschuhe, andere bunte Strandkleidung und waren mit Schwimmringen und Sonnenschirmen ausgerüstet. Das Platschen ihrer Badelatschen übertönte das sanfte Gemurmel der Gespräche.

Marie seufzte und blickte durch die Fensterfront in den Vordergarten des Hotels mit dem Brunnen. »Ich hoffe, dass sie einfach nur gestürzt ist und nicht mehr ohne fremde Hilfe ins Dorf laufen kann. Vielleicht finden sie sie heute. Sie müssen sie einfach finden!« Seit dem Erwachen klammerte Marie sich an diesen Gedanken wie an einen Rettungsanker.

Cassandra nickte langsam. »Das hoffe ich auch.«

Die beiden Frauen widmeten sich wieder ihrer Arbeit, reservierten Zimmer, checkten Gäste ein und aus und buchten Freizeitaktivitäten für sie.

»Ich habe Santiago gestern wiedergesehen«, sagte Marie irgendwann in einer ruhigen Minute. Inzwischen waren einige Stunden vergangen, und in der Lobby war Ruhe eingekehrt. Die meisten Gäste schienen nun ihren Aktivitäten im oder außerhalb des Hotels nachzugehen.

Cassandra blickte auf und hob überrascht die Brauen. Dabei fiel ihr eine blonde Locke in die Stirn, die sie immer wieder vergeblich wegzupusten versuchte. »Sieh an, sieh an«, meinte sie. »Wo denn?«

Marie blätterte in einem Ordner, tat so, als hätte sie wichtige Papiere vor sich, um der Freundin nicht in die Augen blicken zu müssen. Dabei war sie normalerweise nicht so verunsichert. Aber allein über die gestrige Begegnung mit Santiago nachzudenken, löste ein unangenehmes Gefühl in ihr aus. Die Tatsache, dass sie nicht einordnen konnte, wo sie beide standen, belastete sie mehr, als sie sich eingestehen wollte.

»Am Strand«, antwortete Marie schließlich. »Er war beruflich da. Wegen Candela. Sie hatten die Suche aber wegen des üblen Wetters abbrechen müssen. Es war so komisch, Cassandra. *Er* war so komisch. Wir haben nicht wirklich miteinander gesprochen. Ich weiß nicht, ob –«

»Entschuldigung?« Eine raue Frauenstimme unterbrach sie.

Marie wandte sich um. Sie hatte die Frau gar nicht kommen sehen. Sie hatte weißes Haar, tief gebräunte Haut, die beinahe ledrig wirkte, und eisblaue Augen und blickte sie Hilfe suchend an. »Entschuldigen Sie«, sagte Marie hastig. »Was kann ich für Sie tun?«

Doch als sie den kleinen weißen Pekinesen erblickte, der knurrend im Arm der Frau zappelte, beantwortete sich ihre Frage von selbst. Marie erkannte den Hund an dem Zöpfchen, das dafür sorgte, dass er besser sehen konnte, sofort. »Chorizo?«, rief sie erleichtert. Ihr Herz klopfte beinahe schmerzhaft gegen ihre Rippen.

Der Pekinese hielt in seinem Zappeln inne. Als er Marie erblickte, kläffte er einmal freudig auf.

»Mein Name ist Roswitha Müller. Der kleine Schatz hier ist mir vor etwa einer Stunde beim Wandern zugelaufen«, erklärte die Frau. »Er wirkte etwas verloren und schien niemandem zu gehören, der mir entgegenkam. Da dachte ich, er könnte vielleicht der Hund eines Ihrer Gäste sein.« Sie blickte sich kurz zum Eingang um. »Also … weil Sie das einzige Hotel sind, das hier so nah am Fuß der Berge liegt, die anderen sind ja ziemlich weit weg. Sie kennen ihn? Ist das vielleicht sogar Ihr Hund?«

Marie war grenzenlos erleichtert, dass sich eine fremde Frau des kleinen Kerls angenommen hatte, und griff über den Tresen, um Candelas Augenstern von ihr entgegenzunehmen. »Es ist nicht meiner, nein, aber ich kenne die Besitzerin. Wo genau haben Sie ihn denn gefunden?«

Chorizo leckte Marie aufgeregt durch das Gesicht; er war vor Freude kaum zu halten. Sein kleines Hinterteil wackelte hin und her, so begeistert wedelte er mit dem kurzen Ringelschwanz. Marie kraulte den Kleinen hinter den Ohren. Ihr Herz hüpfte. Zum Glück war Chorizo wieder aufgetaucht! Vielleicht bestand nun auch Hoffnung für sein Frauchen. Möglicherweise konnte der Pekinese sie ja zu Candela führen.

»An der Weggabelung, wo es direkt steil zu den Bergen hinaufgeht. Von welchem Weg er genau kam, kann ich nicht sagen, er lief etwas verwirrt durch die Gegend, müssen Sie wissen. Der Arme wirkt ganz aufgelöst«, antwortete Frau Müller und deutete aus der breiten Fensterfront. »Ich dachte erst, der arme Kerl wäre verletzt.« Sie zeigte auf Chorizos Rücken.

Da bemerkte auch Marie das Rot im weißen Fell. Die flauschigen Haare waren verklebt. Marie stockte der Atem. War das … getrocknetes Blut?

»Aber das ist nicht sein Blut; er hat keinerlei Verletzung. Ich habe ihn untersucht«, fügte Roswitha Müller da auch schon hinzu.

Erschrocken sog Marie die Luft ein. Nicht sein Blut? Beinahe hätte sie Chorizo fallen gelassen. »Ich muss sofort die Polizei verständigen.« Sie nahm den Hörer ab. Bevor sie wählte, sah sie die Frau fragend an. »Würden Sie der Polizei sagen oder zeigen, wo Sie den Hund gefunden haben? Es geht … um einen Vermisstenfall.«

Die Frau schien unter der Bräune ein wenig blasser zu werden. Sie schluckte mühsam, nickte dann aber. »Wenn ich helfen kann, natürlich.«

»Danke.« Marie lächelte freundlich, dann wurde sie

wieder ernst. Sie wählte die Durchwahl von Santiagos Büro, die sie nach den zwei vorangegangenen Ermittlungen auswendig kannte. Dabei wiegte sie Chorizo sanft in den Armen, als wäre er ein Baby, das in den Schlaf geschaukelt oder beruhigt werden musste. Und irgendwie war er das ja auch: Candelas Baby. Das Freizeichen erklang, einmal, fünfmal, zehnmal. Marie wollte gerade schon auflegen, als sich Rubio Alonsos gelangweilt, ja beinahe genervt klingende Stimme meldete.

»Ja?! Alonso hier.«

Marie schluckte ihren Unmut hinunter. Rubio Alonso war eben nicht der engagierteste Polizist, wenn man dieses Wort im Zusammenhang mit Rubio überhaupt benutzen konnte. »*Hola,* Señor Alonso«, grüßte Marie ihn langsam. »I-Ist Santiago Navarro zu sprechen?«

Eine kurze Pause folgte. Dann atmete Rubio hörbar lange ein. »*No. No,* er ist nicht hier. Er sucht nach der Vermissten. Dieser … dieser –«

»Candela Soler«, vervollständigte Marie den Satz ungeduldig. »Deswegen rufe ich auch an.«

»Und da wollen Sie mit Santiago sprechen? *Ich* leite die Ermittlung, die ganze Abteilung leite ich! Sagen Sie mir, was Sie zu sagen haben.«

Marie knirschte mit den Zähnen. Na toll, dachte sie, jetzt habe ich ihn in seinem riesengroßen Ego verletzt. Doch sie schluckte ihren Ärger hinunter, schließlich ging es darum, Candela zu finden, egal, wie sehr Rubio sie auf die Palme brachte. Sie seufzte. »Hier an der Rezeption des *Beach Residence & Spa* ist eine Frau namens Roswitha Müller, die Candela Solers Hund Chorizo gefunden hat. Auch er war ja seit gestern verschwunden. An ihm haftet Blut. Er selbst ist aber nicht verletzt …«

»Aha«, brummte Rubio, lachte dann dröhnend. »Wer nennt seinen Hund denn bitte schön Chorizo?«

Ungläubig schüttelte Marie den Kopf. Sie spürte, wie Empörung in ihr aufstieg. »Das ist gerade alles, was Ihnen einfällt? Über den Namen des Hundes zu lachen?«, platzte es schneller aus Marie heraus, als ihr lieb war. Hatte sie das gerade wirklich laut gesagt? So ein Mist!

Sie biss sich auf die Unterlippe und atmete das Brennen in ihrer Brust weg. »Könnten Sie bitte einen Beamten zu uns ins Hotel schicken, der die Frau vernimmt? Vielleicht kann der Hund ihn ja auch zu Candela führen.« Dass sie fest vorhatte, den Polizeibeamten dabei zu begleiten, behielt sie wohlweislich für sich, denn sie wusste aus Erfahrung, wie sehr Alonso ihre »Einmischung«, wie er es nannte, hasste.

Sein Lachen war schlagartig verklungen. Er schwieg. Dann seufzte er, als wäre ihm das alles zuwider. »Es kommt jemand vorbei«, sagte er dann steif. »*Adios.*« Damit legte er auf, ohne noch eine Antwort abzuwarten.

Er ist so ein Idiot!, dachte Marie bei sich und knallte den Hörer in die Station.

Cassandra sah sie besorgt an. »Alles in Ordnung?« Auch Roswitha Müller blinzelte irritiert.

Marie fuhr sich durch das blonde Haar. »Ja. Ja, alles in Ordnung. Alonso schickt jemanden vorbei.«

Marie bot Frau Müller etwas zu trinken und einen Platz in der Lobby an. Zurückhaltend setzte sich die Frau auf das bequeme Sofa. Danach versorgte Marie auch Chorizo mit einem Schüsselchen Wasser. Langsam näherte er sich, hielt kurz sein Näschen darüber, ehe er sich abwandte.

Marie legte den Kopf schief. Er musste doch durstig sein. Oder hatte er nach den starken Regenfällen eine Pfütze gefunden? Sie zuckte mit den Schultern. Gleich würde sie ihm auch etwas zu fressen anbieten. Zunächst aber improvisierte sie aus einem langen Halstuch, das sie noch in ihrem Spind gefunden hatte, eine Leine, damit der kleine Rabauke nicht auf die Idee kam, sich aus dem Staub zu machen.

»Du solltest wirklich aufhören, die Tiere anzufüttern«, erklang eine mehr als vertraute Stimme hinter ihr.

Marie schmunzelte unwillkürlich. Sie blickte über ihre Schulter. »Hallo, Christian.«

Christian Munker lächelte, was für Menschen, die ihn nicht kannten, wohl kaum als Lächeln zu identifizieren wäre, denn dabei bewegten sich seine Lippen kaum. Nur das kurze Zucken in seinen Mundwinkeln gab Aufschluss darüber, dass Christian amüsiert und einem zugewandt war.

Marie hatte sich an die nörglerische Art des ehemaligen Kriminalkommissars gewöhnt, Christian sogar in den letzten Wochen während ihrer gemeinsamen Untersuchungen in zwei Mordfällen fest in ihr Herz geschlossen. Nach seiner Pensionierung war er von Bremen nach Mallorca ausgewandert und wohnte seither in einem der kleinen Ferienhäuser, die zum Hotel gehörten.

»Ich füttere keine Tiere an«, antwortete sie in gespielter Empörung und wackelte mit den Augenbrauen. Dann wurde sie ernst. »Darf ich vorstellen? Das ist Chorizo. Er gehört einer Boutique-Besitzerin aus dem Ort, sie heißt Candela Soler.« Sie machte keine kurze Pause und fügte bedrückt hinzu: »Sie ist seit gestern Morgen verschwunden.«

Christians Augen weiteten sich. Er löste die vor der Brust verschränkten Arme. »Verschwunden, sagst du?«

Marie nickte und kraulte Chorizo hinter den plüschigen Ohren, der sich um sich selbst drehte und nach der »Leine« biss, mit der er offenbar noch nicht einverstanden war. »Ja, Candela ist gestern nicht mehr von ihrer morgendlichen Wanderung zurückgekommen. Auch

Chorizo war bisher verschwunden, und jetzt hat ihn eine nette Dame gefunden.« Marie atmete tief ein und aus und wies mit dem Kopf zu Roswitha Müller in der Lounge hinüber. »Was mir aber Sorgen macht, ist, dass da Blut auf seinem Fell ist. Schau mal.«

Christian folgte ihrem Zeigefinger, der auf die verkrustete Stelle in Chorizos Fell deutete. Er runzelte die Stirn und hockte sich dann in gebührendem Abstand neben den kleinen Hund.

Chorizo beäugte ihn misstrauisch und stieß ein Knurren aus, das für einen so schmächtigen Kerl erstaunlich furchterregend klang. »Freundlicher kleiner Kerl.« Christian nahm wieder diese steife Haltung ein, die so typisch für ihn war.

»Das denkt er sich von dir sicherlich auch. Du musst ihm ja wie ein gefährlicher Riese vorkommen, wenn du dich so über ihn beugst«, tadelte Marie mit einem Grinsen, dann wandte sie sich Chorizo zu. »Da kriegst du doch Angst, nicht?« Sie kraulte den Hund am Hals.

»Ich bin nicht so Furcht einflößend wie dieses Quietschen, das du da von dir gibst«, erwiderte Christian und zwinkerte ihr zu. Dann wurde er wieder ernst. »Wie ich sehe, hat niemand versucht, ihn zu säubern.«

»Nein, nein«, gab Marie eifrig zurück. »Er ist ja quasi ein Beweisstück, eine Spur.«

Christian nickte. »Das hast du gut gemacht. Aber findest du es nicht merkwürdig, dass sein Fell ansonsten recht sauber ist – bis auf den Blutfleck am Rücken natürlich.« Als Christian die Hand ausstreckte und auf Chorizo zeigte, steigerte Chorizos Knurren sich zu einem hysterischen Kläffen. Schließlich fletschte der Pekinese sogar die winzigen weißen Zähne und versuchte, nach Christian zu schnappen.

Dieser wich sichtlich beeindruckt zurück, richtete

sich wieder auf und strich sein Polohemd und die Stoffhose glatt. Christian räusperte sich. »Ganz schön grantig, der Zwerg, sozusagen ein Giftzwerg. Der Hund ist ja bissiger als ein ausgehungertes Wildschwein.«

»Er mag keine Fremden«, sagte Marie in dem Versuch, Chorizo zu entschuldigen, und ignorierte Christians merkwürdigen Vergleich. »Vielleicht hat der Regen das andere Blut ja weggewaschen.«

Christian hob eine Braue. »Rückstandslos? Das bezweifle ich. Und mit dem ganzen Matsch, den es draußen gestern gab, müsste er tatsächlich aussehen wie ein Schwein. Er ist doch ansonsten blütenweiß.«

»Okay, Herr Ermittler, da hast du recht. Aber hoffen wir darauf, dass er uns zu Candela führen kann.«

»Natürlich«, erwiderte Christian, wirkte jedoch mehr als skeptisch, als er den kleinen Hund beäugte. Er wollte noch etwas hinzufügen, doch da kam Yolanda Ramirez, die Hotelchefin, in die Lobby gestürmt. Einmal mehr machte sie ihrem Spitznamen »der Tornado« alle Ehre.

Gerade als sie die Brille auf ihrer Nase wieder richten wollte, wanderte ihr Blick in Maries und Chorizos Richtung. Sie zog die Hand so abrupt vom Gesicht zurück, dass die Brille im hohen Bogen durch die Luft flog und schließlich auf dem Boden landete, gleich vor Christians Füßen.

Dieser blickte bedächtig auf das schwarz gerahmte Stück, bückte sich langsam, hob die Brille auf und reichte sie Yolanda, die schnatternd und fluchend auf die beiden zugeeilt war. »*Gracias*«, sagte sie und zwang ein Lächeln auf ihr Gesicht, das sogleich wieder verblasste, als sie sich an Marie wandte.

Die bemerkte, dass Cassandra einige komische Grimassen hinter dem Rücken ihrer Chefin schnitt, und presste die Lippen zusammen, um ein Schmunzeln zu unterdrücken.

»*Dios mio!* Marie, was ist das hier? *Un perro?* Ein Hund? In diesem Hotel? Was macht er hier?«, echauffierte sie sich, und ihr Gezeter vermischte sich mit Chorizos aufgeregtem Kläffen. »Kann man den abstellen? Shush! Aus! *Cállate!*«, fuhr sie den Hund an, der daraufhin nur noch empörter bellte.

Marie hob beschwichtigend die Hände. »Es ist nicht das, wonach es aussieht. Das ist der Hund von der Vermissten. Von Candela Soler. Er ist einer Dame zugelaufen, und sie hat gedacht, dass er einem unserer Hotelgäste gehört.«

»*Qué?*« Yolandas Stimme schrillte wie das Gegacker einer Truthenne durch die Lobby. Dann trat sie ganz nah an Marie heran. »Verschwunden? Nicht schon wieder, Marie. Das geht dich nichts an. *Otra vez?* Dieses Hotel kann nicht noch mehr schlechte Presse gebrauchen. Und schaff diesen Hund hier weg! Sofort«, zischte sie mit gedämpfter Stimme.

Marie schnappte empört nach Luft. Das kam ja beinahe einer unterlassenen Hilfeleistung gleich! Wie konnte Yolanda immerzu nur an den Ruf ihres Hotels denken, aber nicht an eine Frau aus Caví, die vermisst wurde und vielleicht dringend Hilfe benötigte? »Ich habe die Polizei bereits informiert«, begann Marie langsam und sah, wie Yolandas Gesicht rot anlief. Beschwichtigend hob sie die Hände. »Das *Beach Residence & Spa* wird damit in nichts hineingezogen. Nur der Hund ist hier, und vielleicht finden wir die Vermisste ja mit seiner Hilfe.«

Yolanda fasste sich theatralisch an die Schläfen. »Wo sind meine Kopfschmerztabletten?« Ohne ein weiteres Wort an Marie zu richten, wandte sie sich ab.

In diesem Moment trat Santiago durch die Tür. Er sah sich suchend in der Lobby um, bis er Marie erblickte.

Das Herz sackte ihr gleich mehrere Etagen tiefer.

5.
Die Suche

»Frau Müller konnte uns leider keinen konkreten Hinweis geben, wo Candela sein könnte«, berichtete Santiago, nachdem er Roswitha Müller befragt und ihre Personalien aufgenommen hatte. Mit einem kleinen Lächeln kniete er sich zu Chorizo, der ihn sofort freudig begrüßte. »Du bist ja ein Süßer. Ich wünschte, du könntest reden und mir erzählen, wo dein Frauchen ist.«

»Könnten wir nicht versuchen, durch Chorizo Candela zu finden?«, fragte Marie, die irritiert beobachtete, wie sich der Pekinese freudig auf den Rücken warf, um sich von Santiago auch noch den Bauch kraulen zu lassen. Das war ja was ganz Neues! Schließlich war Chorizos »Fremdenfeindlichkeit« im Ort bekannt und berüchtigt. Doch Santiago schien er auf den ersten Blick in sein kleines Hundeherz geschlossen zu haben. Da haben wir ja was gemeinsam, dachte Marie und hoffte, nicht zu erröten.

Santiago richtete sich auf und zog etwas aus seiner Jackentasche. Es war ein Röhrchen, darin befand sich ein

Tupfer in einer Plastiktüte. Er holte alles heraus und entnahm eine Probe von Chorizos Rücken. »Einen Versuch ist es wert. Ist nur fraglich, ob er die Fährte aufnehmen kann. Er war bestimmt verwirrt, weil er so lange da draußen herumgeirrt ist, und verliert vielleicht die Orientierung. Durch den Regen ist die Fährte möglicherweise auch nicht mehr wahrnehmbar. Vielleicht haben wir Glück mit einem getragenen Kleidungsstück. Ich werde Señor Soler danach fragen.«

»Gute Idee«, antwortete Marie und bedachte den Pekinesen, der gerade eine Gruppe Spatzen durch die Fensterfront beobachtete. Dabei war sein kleiner Körper ganz starr geworden, nur sein Schwänzchen wackelte aufgeregt.

»Der Hund ist ziemlich sauber, nicht?« Christian, der die Szene bisher still beobachtet hatte, hielt sich im Hintergrund, schien aber nicht bereit zu sein, dieses Detail unter den Tisch fallen zu lassen.

Santiago blickte kurz auf und dann wieder auf Chorizo. »Stimmt.« Kurz schwieg er. »Vielleicht hat er sich bei dem Mistwetter in den Höhlen herumgetrieben.«

Christian musterte den spanischen Kollegen. Marie konnte in seinen Augen sehen, dass er nicht überzeugt war.

»Wir konzentrieren uns erst einmal darauf, Candela zu finden«, fügte Santiago hinzu.

»Natürlich«, sagte Christian. »Kann man sich noch an der Suche beteiligen?«

Santiago nickte. »Gern. Viele aus dem Dorf suchen mit.«

»Wir werden auch helfen«, erklärte Marie und sah von Cassandra zu Christian. »Wir haben gleich Feierabend hier.«

»Das wäre super.« Santiago nickte. Trotz seiner ernsten Miene spürte Marie wieder etwas mehr Wärme, die von ihm ausging. War er vielleicht nur wegen Rubio so verkrampft gewesen?

In diesem Moment kam Candelas Mann Álvaro in die Lobby gestürzt. Marie hatte ihn angerufen und ihm mitgeteilt, dass man den Hund gefunden hatte. »Chorizo!« Freudestrahlend lief er auf den kleinen Pekinesen zu.

Dieser begann umgehend, an der improvisierten Leine zu zerren, und jaulte und junkte vor Begeisterung. Santiago ließ Chorizo los, und dieser flitzte in die ausgebreiteten Arme seines Herrchens.

Álvaro lachte vor Freude. »Mein kleiner Schatz!« Der Hund schleckte unaufhörlich durch das Gesicht seines Besitzers. »Gott sei Dank haben sie dich gefunden!« Dann wandte er sich an Santiago. »Gibt es eine Spur von meiner Frau?«

Santiago zögerte. »Nein, leider nicht«, antwortet er dann. »Wir werden weitersuchen, und vielleicht kann uns Ihr Hund dabei helfen.«

Álvaro drückte Chorizo an sich und vergrub sein Gesicht am weichen Hals des Tieres. Maries Brust zog sich schmerzlich zusammen. Armer Álvaro! Er muss umkommen vor Sorge, dachte sie bedrückt.

»Ich will Sie nicht beunruhigen«, begann Santiago und schluckte. »Da ist getrocknetes Blut am Rücken Ihres Hundes. Er ist nicht verletzt. Vielleicht stammt es also von Ihrer Frau. Ich werde die Probe ins Labor bringen lassen.«

Erschrocken betrachtete Álvaro den Blutfleck und sog scharf die Luft ein. »Das … das wäre furchtbar.« Hilfe suchend sah er zu Santiago. »Wir müssen sie finden. Versprechen Sie mir, dass Sie sie finden.«

Santiago nickte mit ernster Miene, legte eine Hand

auf die Schulter des besorgten Ehemannes. »Wir tun alles, was wir können.«

Nach ihrem Feierabend beteiligten sich Cassandra und Marie an der Suche nach Candela. Christian begleitete die beiden Freundinnen, und auch Santiago gesellte sich mit Candelas Mann Álvaro und Chorizo dazu. Er hatte die drei am Tor zum paradiesisch grünen Hotelgarten abgefangen. Es war früher Abend. Blassrosa Wolken kräuselten sich am blauen Himmel. Goldene Sonnenstrahlen brachen hier und da zwischen den Bäumen hindurch. In dem gleißenden Licht tanzten Staubpartikel und Insekten. Um sie herum erfüllte das Zirpen der Zikaden die von Harz und Fichtenduft geschwängerte Luft.

Inzwischen wanderten sie in Richtung Bergspitze. Sie bahnten sich einen Weg zwischen Federgras hindurch über den unbefestigten Boden. Steine gerieten unter ihren Schuhen ins Rutschen und rollten davon.

Von hier aus konnte Marie über die gut besuchte Promenade blicken, über die roten Tondächer, den Marktplatz mit den farbenfrohen Häusern, den hellen Sandstrand und das türkise Wasser. Je weiter Marie über das Meer schaute, desto dunkler färbte sich das Blau, ehe es mit dem Horizont verschmolz. Boote und Jachten durchkreuzten einige Kilometer vor der Bucht das Wasser.

Cassandra stapfte schnaufend dicht hinter ihr her. »Eigentlich habe ich gesagt, dass ich nicht mehr wandern gehe, aber das hier dient ja einem guten Zweck.« Zwischendurch rief sie immer wieder Candelas Namen.

Das taten sie alle ab und an. Dann hallten ihre Rufe weit, wurden vom lauen Abendwind davongetragen.

Danach folgten einige Momente des Schweigens. Jeder horchte gebannt, in der Hoffnung, Candelas Stimme zu hören. Doch nur der Wind und die Zikaden antworteten mit ihrem Abendlied.

Marie seufzte. Ihr Blick glitt zu Santiago und Álvaro weiter vorn. Chorizo schien keine Fährte aufgenommen zu haben. Er tippelte brav neben seinem Herrchen her.

Schade, dachte Marie. Sie hatte wirklich Hoffnung in die Möglichkeit gesetzt, dass Chorizo ihnen vielleicht den Weg zu seinem vermissten Frauchen zeigen konnte.

In Marie brodelte die Angst. Sie war lähmend und machte das Laufen noch anstrengender, das Atmen fiel ihr schwerer. Sie hoffte so sehr, dass sie Candela fanden. Lebend.

»Psst«, machte Cassandra. »Ich weiß, das gehört jetzt nicht hierher … aber siehst du nicht, wie Santiago die ganze Zeit zu dir herüberschaut?«

»Hm?« Marie blinzelte und blickte wieder zu ihm. Ihr war es noch kein einziges Mal aufgefallen, dass er sie angesehen hatte. Sie war so fokussiert darauf gewesen, ein Lebenszeichen von Candela zu erspähen. »Stimmt doch gar nicht.«

»Doch. Wie eine Maus auf den Käse starrt er.«

Gleichzeitig wandten sich Marie und Cassandra stirnrunzelnd zu Christian hinter ihnen um. Dies war die erste – wie immer etwas schiefe – Bemerkung, die er bisher bei diesem Marsch von sich gegeben hatte.

Er blieb stehen und hob die Schultern. »Was?«

Marie lachte. »Danke … für das Kompliment … Es ist doch eines, denke ich? Ich bin in dem Fall also der Käse – lecker!«

Cassandra gluckste.

»Gern geschehen.« Ein kurzes Zucken um Christians Mundwinkel war zu sehen.

Unterdessen schob Cassandra ihre Freundin sanft weiter. »Komm schon. Er will sich sicherlich mit dir unterhalten, ist aber zu schüchtern. Du solltest ihn ansprechen.«

Marie biss sich auf die Unterlippe. »Falls überhaupt noch Gesprächsbedarf zwischen uns beiden besteht, werde ich ihn nicht heute darauf ansprechen, während wir nach einer Vermissten suchen.« Kurz verfielen die beiden Frauen in Schweigen, während sie ihren Blick aufmerksam über die hohen Grasbüschel schweifen ließen. »Außerdem arbeitet er ja gerade. Er ist sicherlich konzentriert.«

»Er ist so hoch konzentriert wie Essigkonzentrat – nur nicht wirklich auf seine Arbeit«, kam es wieder von Christian hinter ihnen.

Marie verdrehte die Augen, konnte sich ein Schmunzeln jedoch nicht verkneifen.

Cassandra jedoch hielt inne und wandte sich zu Christian um. »Herr Munker, es erstaunt mich immer wieder, wie tief Sie in die Sprüchekiste greifen. Wo finden Sie diese furchtbaren Vergleiche nur?«

Christians Ausdruck blieb unverändert, bis auf das minimale Zucken seiner Lippen und das kurze amüsierte Funkeln in seinen Augen. Marie wusste, dass er diese Dinge nicht zwangsläufig als Komik empfand und auch nicht so meinte. »Jahrelange Übung«, gab er lediglich zurück.

Cassandra lachte laut auf und schloss wieder zu Marie auf. »Er ist so was von trocken, aber sein Humor gefällt mir.«

»Christian ist wirklich okay«, sagte Marie und schmunzelte. Dann drehte sie sich zwinkernd zu ihm um, der das Zwinkern prompt erwiderte und sogar ein kleines Lächeln für sie übrighatte.

Sie liefen still weiter. Marie lauschte dem Säuseln des Windes und dem Zirpen der Zikaden.

Santiago ließ sich etwas zurückfallen, und am Wachturm schlugen dann Cassandra und Christian einen anderen Weg ein. Marie war sich sicher, dass sie es absichtlich taten, um Santiago und sie allein zu lassen. Álvaro und Chorizo liefen um den Wachturm herum.

Santiago räusperte sich, während er sich umsah.

Hinter ihnen verschwand die Sonne gerade hinter den Bergen. Goldene Sonnenstrahlen bahnten sich ihren Weg über die sanft grünen Bergkuppeln. Sie trafen auf die Überreste des Wachturms aus dem fünfzehnten Jahrhundert, der aus Natursteinen errichtet worden war. Heutzutage war, abgesehen von einem nur wenige Meter hohen schadhaften Sockel und einer zerfallenen Mauer, nicht mehr viel von ihm übrig.

Das Schweigen zwischen ihnen zog sich in die Länge, wurde langsam unangenehm wie ein Dorn im Fuß.

Marie beschloss, die Stille zu brechen. »Rubio Alonso ist nicht mitgekommen?«

Santiago rieb sich den Nacken. Er seufzte leise. »Nein, er hat mich vorgeschickt, um herauszufinden, ob es sich bei Roswitha Müller um eine *interessante* Zeugin handelt.« Mit den Fingern malte er Anführungszeichen in die Luft.

»Oh«, gab Marie zurück und verzog die Lippen. Sie fand das Verhalten von Santiagos Vorgesetztem unmöglich. »Hat er selbst mal wieder Wichtigeres zu tun?« Doch selbst wenn es so war: Auch Wichtigerem würde Rubio Alonso nicht nachgehen.

»Oh ja«, sagte Santiago eifrig. »Der Túnel in seiner Schreibtischschublade trinkt sich schließlich nicht von allein.« Er hob die Schultern, rieb sich über die Stirn. Túnel war der typische Kräuterschnaps Spaniens. »Trotzdem habe ich ihn hochgescheucht und gesagt, dass wir hier noch einmal suchen. Er ist auf dem Weg.«

Marie gluckste. »Ich bin mir sicher, dass er begeistert war.«

»Er strotzt vor Euphorie.« Santiago zwinkerte und ein schiefes Grinsen verzog seine Lippen, was Maries Herz unweigerlich höherschlagen ließ. Nein, lass das sein, mahnte sie sich selbst.

Räuspernd blickte sie sich um. Sie waren nicht hier, um über seinen Vorgesetzten zu spaßen. »Ich gehe mal weiter, mich umschauen.«

Santiago nickte eifrig. »Ja, klar.« Er lächelte verlegen. »Ich auch.« Damit trennten sich ihre Wege, und Marie spürte, dass die Stimmung zwischen ihnen nun noch gespannter war als zuvor.

Marie umrundete die Ruine des Wachturms, der vor Jahrhunderten dazu genutzt worden war, um nach Piraten Ausschau zu halten und die Menschen in den Städten per Leuchtfeuer zu warnen.

Der Wind zerrte an ihren Haaren und trug den Duft des Meeres und der warmen Erde mit sich. Suchend sah Marie sich nach Cassandra und Christian um. Die suchten die Böschungen ab, von wo sie gekommen waren, folgten schmalen Pfaden am seichten Bergkamm.

Marie wandte sich wieder um und lief dem Horizont entgegen. Inzwischen lag Caví im Schatten der Berge. Das fehlende Sonnenlicht tauchte das Meer nun in ein dunkles, geheimnisvolles Blau. Von hier aus konnte Marie die Wellen beobachten, die sich in der Mitte der Bucht auftürmten, um mit weißen Schaumkronen an den Strand zu rollen.

Marie suchte den steinigen Boden unter ihr nach Büscheln ab. Vielleicht fand sie hier einen Hinweis auf Candela.

Leider nein.

Sie blickte den Berg hinab. Hier glich er einer Klippe,

als wäre ein Stück aus ihm herausgebrochen. Der Berg fiel steil ab. Unten ragten spitze Felsen aus dem Meer, das um die Steine herum schäumte und tobte. Sie umrahmten den Fuß des Berges.

Marie wankte und schluckte schwer. Konnte es sein, dass Candela an dieser Stelle abgestürzt war?

Sie schüttelte den Kopf. Dieser Gedanke löste eine Gänsehaut aus. Sie fröstelte und trat vom Rand zurück. Ihr rasender Herzschlag beruhigte sich, was sie dankbar registrierte.

Marie sah über ihre Schulter nach rechts zu Álvaro.

Dieser trug den unruhigen Chorizo auf dem Arm. Der Hund zappelte, während sein Herrchen auf das Meer hinausblickte. Armer Álvaro, dachte Marie, er sorgt sich so um seine Frau.

Ihre Kehle schnürte sich zu. Sie atmete tief durch. »Wir werden sie finden, Álvaro«, sagte Marie mit dünner Stimme, die beinahe vom Wind davongetragen wurde.

Álvaro sah erschrocken über die Schulter zu ihr. »Was?« Er blinzelte, als wachte er aus tiefen Gedanken auf. »Oh … ja. Ja, das hoffe ich sehr.« Er seufzte, drückte Chorizo fester an sich. Der Hund wirkte wie ein bockiges Kleinkind, wie er da in seinen Armen mit dem Kopf um sich schlug. Der kleine Leib wand sich zornig hin und her.

Marie nickte in seine Richtung. »Meinst du, er hat jetzt vielleicht eine Fährte aufgenommen?«

Álvaro schaute Marie erst verwirrt an, dann fiel sein Blick auf den Pekinesen. »Nein, er ist nur irgendwie aufgewühlt. Ich weiß auch nicht …« Er wiegte den Hund wie ein Baby, was jedoch eher das Gegenteil bewirkte, denn Chorizo schien nur noch unruhiger zu werden.

Marie nickte. »Was denkst du denn, wo sie sein könnte?« Sie vermied bewusst die Frage, was er glaubte, was mit Candela passiert war. Sie wollte ihn nicht zusätzlich ängstigen, nicht an das Mögliche erinnern, das auf keinen Fall sein durfte, als könnte die Möglichkeit sich nicht in eine Realität verwandeln, solange sie es nur nicht aussprach.

Álvaro seufzte, blickte in den Himmel. »Sie könnte hier überall sein. Sie sagt mir vorher ja nie, wohin genau sie geht. Sie geht so häufig wandern, und sie kennt das Terrain hier wie ihre Westentasche.« Er schüttelte den Kopf. »Ich weiß nicht, was passiert ist.« Er sah auf Chorizo hinab und kraulte ihm den Kopf. »Hoffentlich finden wir sie!« Er schluckte, überprüfte aus dem Augenwinkel, ob Marie ihn ansah, und rang sich dann zu einem Lächeln durch.

Die beiden wurden von Stimmengewirr hinter ihnen unterbrochen und wandten sich um. Rubio Alonso war mit einem weiteren Beamten in Uniform am Wachturm angekommen.

Marie und Alonso sowie Cassandra, Christian und Santiago gingen zu ihnen.

Rubio Alonso blickte in die Runde, wobei seine Augen eine Spur länger an Marie hängen blieben. Dabei verhärtete sich seine Kieferpartie.

Danke, die Antipathie ist ganz meinerseits, dachte Marie.

Alonso schnaubte, holte grunzend Luft. Schweiß rann ihm in Strömen von der Stirn. Dennoch setzte er ein schmieriges Grinsen auf, während er an seinem Gürtel zerrte, um die Hose über seinen ausladenden Bauch zu ziehen. »So«, sagte er und hob die Brauen. Erwartungsvoll schaute er Santiago an. »Was haben wir gefunden?«

Santiago schüttelte den Kopf. »Nichts«, antwortete er.

Sein Vorgesetzter schnaufte, wischte sich mit einem

Stofftaschentuch den Schweiß vom Gesicht und funkelte ihn an. »Also bin ich den ganzen Weg umsonst hier hochgekommen? Ich dachte, ihr hättet eine Spur entdeckt!« Sein Unmut war nicht zu überhören.

Marie ballte die Hände zu Fäusten, während sie verstohlen zu Santiago sah. Unmöglich, wie dieser Mann mit seinem Untergebenen sprach!

Dessen Kiefer verhärtete sich, ja seine ganze Körperspannung. Seine Nasenflügel bebten. »Wir haben den Hund.« Trotz seiner augenscheinlichen Wut blieb Santiagos Stimme ruhig. Er deutete auf Chorizo, der inzwischen wieder auf dem Boden stand und an seiner Leine zerrte.

Rubio Alonso blickte auf den Pekinesen. »*Hola, Señor!* Hätten Sie Zeit, mir ein paar Fragen zu beantworten?« Er warf die Hände in die Luft und lachte laut auf. Dabei stieß er dem anderen Beamten, einen jungen, recht unerfahren wirkenden Kollegen, in die Seite, sodass dieser unsicher lachend mit einstimmte. Alonso sah Santiago tadelnd an. »*Es un perro.* Das ist ein Hund. Der kann mir nicht viel erzählen.«

»Aber er hat Blut im Fell, und die Zeugin …«

»Sie ist nicht hier«, unterbrach Rubio Alonso.

Angesichts der Spannung, die nun deutlich in der Luft flimmerte wie Nachmittagshitze am Horizont, zogen sich Cassandra, Christian und Álvaro etwas zurück. Auch Marie trat den Rückzug an und gesellte sich zu den anderen.

Hinter ihnen fluchte Alonso und maulte weiter über die Tatsache, dass er nun umsonst den anstrengenden Aufstieg unternommen hatte. Natürlich ärgerte es ihn, faul wie er war.

»Oh, oh, da kriegt jemand Ärger.« Cassandra verzog den Mund.

»Rubio Alonso ist ein inkompetenter Nichtsnutz«, bemerkte Christian mit ernstem Blick.

Álvaro hatte sich von allen entfernt, stand nun verloren in der Nähe der Klippe. Chorizo, den er inzwischen wieder abgesetzt hatte, zerrte unaufhörlich an der Leine.

Marie seufzte. »Ich fürchte, dass wir Candela vielleicht schon längst gefunden hätten, wenn Alonso etwas mehr Engagement gezeigt hätte und zeigen würde. Er hätte bereits am Mittwoch einen Suchtrupp entsenden sollen. Es lag doch klar auf der Hand, dass Candela nicht vom Wandern zurückgekehrt ist und sich verletzt haben könnte. Und gestern konnten sie dann nicht intensiv nach ihr suchen, weil das Wetter so schlecht war.« Schon früher hatte er durch mangelndes Engagement geglänzt. Im Fall »Gertrud von Timmenbach« hatte er zunächst aus reiner Bequemlichkeit einen Mord nicht einmal in Erwägung ziehen wollen. Und nun wollte er lieber in seinem Büro sitzen, als mitzuhelfen, eine verschwundene Frau zu finden, die vielleicht Hilfe brauchte. Marie atmete tief durch.

»Uns läuft die Zeit davon«, sagte Christian nüchtern. »Die Wahrscheinlichkeit, sie lebend zu finden, sinkt. Die ersten Stunden und Tage sind da die entscheidenden.«

Bei diesen Worten schnürte sich Marie noch weiter die Kehle zu. »Die Frage ist, was machen wir jetzt? Die Sonne geht unter.«

Marie wollte gerade zu einer Antwort ansetzen, als Álvaros Rufe sie innehalten ließen und auch Rubio Alonsos Tirade unterbrachen.

»Chorizo! *Regresa!* Komm zurück!« Álvaro stolperte dem Pekinesen hinterher. Dieser schien sich aus seinem Halsband gewunden zu haben. Álvaro rannte, stolperte über einen fußballgroßen Stein und stürzte der Länge nach hin.

Cassandra und Christian eilten sofort los, um ihm zu helfen.

Rubio Alonso machte ein Gesicht, als verstünde er nicht, was gerade vor sich ging. Chorizo flitzte am Wachturm vorbei in Richtung eines seicht abfallenden Bergkamms an der anderen Seite des Berges.

»Chorizo!«, schrie Álvaro. »Bleib stehen!«

Santiago wirbelte herum. »Versuchen Sie, den Hund einzufangen, er ist ein Beweismittel.« Kurz hielt er inne und fügte hinzu: »Sozusagen.«

Mit einem Satz schaffte Marie es, sich dem Pekinesen in den Weg zu stellen. Dieser kläffte und knurrte, obwohl er sie normalerweise gern mochte. Marie breitete die Arme aus, bereit, ihn zu greifen, sobald er versuchen sollte, an der einen oder anderen Seite vorbeizuflitzen. Eigentlich hatte sie damit gerechnet, dass er umdrehen würde, auf sein Herrchen und die anderen zu. Dann hätten die ihn fangen können.

Aber Chorizo hatte offenbar einen anderen Plan. Blitzschnell flitzte er zwischen Maries Beinen hindurch. Sie nahm umgehend die Verfolgung auf. »Chorizo!«, rief sie.

»Marie, warte!« Santiago rannte ihr ebenfalls hinterher.

Zu zweit verfolgten sie den kleinen Hund, der bellend bergab lief. Unter Marie erstreckte sich eine lange Strandküste, auf der weiße Liegen und blaue Sonnenschirme ordentlich aneinandergereiht waren. Hinter dem Strand türmten sich strahlend weiße Hotelkomplexe auf.

Die Höhe erzeugte einen Schwindel, der Marie langsamer laufen ließ. Währenddessen huschte der Hund zielstrebig zwischen dichten, hohen Grasbüscheln und Felsbrocken hindurch.

Aufgrund der Beschaffenheit des Bodens hatte Marie Mühe, mit ihm Schritt zu halten. Immer wieder rutschte sie auf kleinen Steinen und Geröll aus, konnte sich aber noch fangen. »Chorizo«, rief sie. »Chorizo! Warte!«

Der Pekinese ignorierte ihre Rufe.

Es fühlte sich an wie eine Ewigkeit, in der Marie den Berg blindlings hinabstolperte. Nach einiger Zeit verlor sie Chorizo aus den Augen.

Zunächst lief Marie weiter, wurde dann aber wieder langsamer und blieb schließlich stehen. Sie keuchte und japste nach Luft. Ihre Waden schmerzten.

Suchend sah sie sich um. Santiago war offenbar woanders abgebogen, denn von ihm war nichts mehr zu sehen.

Hinter ihr glühte die Sonne rötlich und warf lange Schatten auf den Boden. Inzwischen war sie beinahe wieder auf Küstenhöhe. Kiefern und Gestrüpp versperrten jedoch die Sicht auf das Meer. Dennoch drang das Rauschen der Wellen zu ihr herüber, begleitet von einem gelegentlichen Bellen.

Marie bemühte sich, das Kläffen des Hundes genauer zu orten. Orientierungslos stapfte sie durch das Gestrüpp. Zweige verfingen sich in ihren Haaren.

Ein kleiner Hund hatte es sicher leichter, durch das Dickicht zu huschen. Dennoch schaffte sie es. Voller Anstrengung schnaufend stolperte sie auf rutschigen Fels.

Ungefähr zwei Meter breit, wand sich ein Felsweg um den Fuß des Berges herum in Richtung Meer. Sie befand sich nun direkt unter dem steilen Abhang, etwa an der Stelle, an der sie oben eben noch gestanden hatte. Sie blinzelte den Berg hinauf, der von hier beinahe senkrecht aufragte. Marie lief an der spitzen, rauen Felswand entlang und betete, dass kein Geröll abging.

Dabei schoss ihr ein Gedanke durch den Kopf. War

das Candela passiert? War sie vielleicht hier unten mit Chorizo spazieren gewesen, als sich ein Stein aus dem Fels gelöst hatte und auf sie runtergestürzt war?

Marie erschauderte. Sie rieb sich die feuchten Handinnenflächen, während sie ein Stoßgebet zum Himmel schickte, nicht noch einmal einen leblosen Körper vorzufinden, schon gar nicht Candelas.

Zu ihrer Linken krachte eine Welle nach der anderen gegen den Fels. Das Wasser spülte in all die Rillen und Furchen, wie es das schon seit Jahrhunderten beständig tat und so Sandkorn um Sandkorn abtrug.

Steter Tropfen höhlt den Stein.

Ein Sprichwort, das ihre Oma wie viele andere immer zu sagen pflegte. Sie war eine besonnene Frau gewesen, in sich ruhend. Von ihr hatte Marie gelernt, dass man, wenn man etwas wollte, ausdauernd dafür arbeiten musste.

Nimm Hilfe an, Kindchen, aber ruhe dich niemals auf der Unterstützung anderer Leute aus.

Das Meer spuckte ihr salzige Gischt ins Gesicht und holte Marie zurück in die Gegenwart. Seltsam, woher kamen diese Gedanken ausgerechnet jetzt?

Chorizo kläffte unaufhörlich, wie es sich anhörte, nur einige Meter entfernt. Marie eilte dem Geräusch nach, konzentrierte sich aber auf jeden Schritt, denn das Gestein unter ihr war nicht nur uneben und brüchig, sondern auch rutschig und stellenweise von Algen überzogen.

»Chorizo«, rief sie, und jetzt sah sie ihn.

Der Hund reagierte nicht, er bellte unerbittlich auf etwas vor ihm ein.

Was hatte er bloß gefunden? Maries Herz pochte wild.

Als sie näher kam, erkannte sie, um was es sich handelte. Marie beugte sich darüber. Das Bellen verstummte, und der Pekinese blickte sie schwanzwedelnd an.

Mit großen Augen starrte Marie auf den Laufschuh, Candelas Laufschuh. Sie erinnerte sich, dass die Mallorquinerin diese Schuhe am Mittwochmorgen, am Morgen ihres Verschwindens, getragen hatte. Und wie in Chorizos Fell prangte auf dem Stoff des Schuhs ein rostbrauner Fleck. Blut.

Ohne nachzudenken und ganz automatisch griff Marie nach Chorizos Fund.

»Nicht anfassen«, ertönte Santiagos Stimme hinter ihr und ließ sie innehalten.

6.
Die erste Spur

Die Wellen klatschten gegen die Felsen, schwappten gefährlich nah auf Maries Füße zu. Sie schlang die Arme enger um ihren Oberkörper. Der Fund von Candelas blutverschmiertem Schuh hatte ein Gedankenkarussell eingeschaltet, das sich nun in einem schwindelerregenden Tempo um sich selbst drehte.

Inzwischen waren nun auch Rubio Alonso und die anderen eingetroffen.

Die Spurensicherung hatte bereits Fotos vom Schuh und der Fundstelle gemacht, und der Laufschuh war in einen Asservatenbeutel gewandert.

Während die Beamten nach weiteren Spuren suchten, stand Marie mit Álvaro, Christian und Cassandra abseits der Szenerie.

Mittlerweile trug Álvaro Chorizo wieder auf dem Arm. Dieser zappelte nicht mehr, beobachtete das Geschehen aber mit wachen schwarzen Murmelaugen.

»Was ist nur passiert?«, fragte Marie leise und legte

Álvaro kurz eine Hand auf die Schulter. »Ich hoffe so sehr, dass es ihr gut geht.«

Álvaro starrte auf das Meer hinaus. Er wirkte wie eine Statue. Versteinert. Dann blinzelte er, als erwachte er zum Leben, und sah Marie mit einer Mischung aus Verwirrung und stoischer Überzeugung an. »Ja. Ja, sie werden sie ganz sicher finden.« Er nickte, als wollte er sich selbst davon überzeugen. Doch in seinen Augen glomm Angst, das konnte Marie deutlich erkennen.

Es brach ihr das Herz, denn sollte Candela wirklich vom Kamm des Berges abgestürzt und auf die Klippen gefallen sein, dann würde Álvaro seine Frau nicht mehr lebend wiedersehen. Dann hätte die Flut sie längst erfasst und später wieder mit sich genommen.

Möglich war natürlich auch, dass Chorizo den Schuh erst an diese Stelle getragen hatte, dass er ursprünglich woanders gelegen hatte. Tatsache war, dass er sie darauf aufmerksam gemacht hatte. Konnte es sein, dass Candela an einer Stelle hinter der Biegung lag?

Voller Hoffnung blickte sie zu Santiago, der vor einer Weile mit Rubio Alonso und dem uniformierten Kollegen hinter der Felswand verschwunden war und nun wieder auftauchte.

Er fing ihren Blick auf. Doch seine Mimik änderte sich nicht. Sein Kiefer war vor Anspannung verhärtet. Zwischen seinen Brauen stand wieder einmal eine steile Falte. Grübelte er, oder hatten sie nun … traurige Gewissheit?

Die Polizisten hatten sie erreicht. Ihr junger Kollege hatte die Aufgabe übertragen bekommen, das Absperrband zu holen. Dieser eilte nun geschäftig durch die Büsche davon.

Álvaro drückte Chorizo fester an sich, sodass dieser

ein protestierendes Geräusch von sich gab. »Haben Sie … haben Sie meine Frau gefunden?«

Alonso richtete den Sitz seiner Hose erneut und gab ein schmatzendes Geräusch von sich. »Nein.« Er machte eine Pause. »Wir haben aber das Problem, dass durch das Meer und die Flut weitere … Spuren oder … äh …« Er machte eine Pause, dabei schob er den Kiefer hin und her, als könnte er so Álvaros emotionalen Zustand besser abwägen. »Äh, ja. Das Meer hat wahrscheinlich … weitere Spuren weggespült.«

Marie sog scharf die Luft ein. Er hatte »den Körper« oder »die sterblichen Überreste« sagen wollen. Aber war das geschehen? War Candela gestürzt, und hatte die Flut sie – oder das, was nach so einem Sturz noch von ihr übrig war – einfach weggespült?

Bei diesem Gedanken drehte sich Marie der Magen um, sodass ihre Hand zu ihrem Bauch schnellte.

Santiago bemerkte diese Bewegung und legte die Stirn in Falten. Stumm sah er sie an, fragend.

Marie nickte. Geht schon, sagte sie damit.

»Wir lassen noch weitere Beamte kommen, die das ganze Gelände hier noch einmal genauer absuchen. Aber das Licht und die Flut spielen gegen uns.« Er verzog das Gesicht und blickte auf seine Schuhe hinunter, die gerade von einer Welle umspült wurden. Tatsächlich stieg das Wasser nun minütlich an. »Ihr seid hier fertig«, sagte Santiago mit einem dankbaren Nicken in Maries, Cassandras und Christians Richtung. »Wir müssen Sie aber noch bitten, uns auf die Wache zu begleiten, Señor Soler.«

Álvaro blinzelte verwirrt und sah fragend zu Christian und Marie. »Wieso? Ich würde gern selbst weiter nach meiner Frau suchen. Noch ist es nicht ganz dunkel.«

»Das klären wir dann«, antwortete Rubio Alonso, zog noch einmal seine Hose über seinen Bauch, ehe er Álvaro vor sich herschob, der eher widerwillig einen Fuß vor den anderen setzte.

Der andere Beamte blieb, lief an der Felswand entlang und leuchtete dort mit einer starken Taschenlampe auf den Boden.

Santiago folgte seinem Chef, ließ sich aber zu Marie zurückfallen, die sich ebenfalls mit Cassandra und Christian auf den Rückweg machen wollte.

Unwillkürlich blieb sie noch einmal stehen und blickte über ihre Schulter auf das Meer. Die Wellen rauschten und glitten über die Felsen, wo das Wasser schäumte und sprudelte.

Marie biss sich auf die Unterlippe und schaute auf das Wasser, das im letzten Licht der untergehenden Sonne geheimnisvoll glitzerte, als wüsste es die Antworten auf ihre Fragen.

Als Marie sich umdrehte, waren die anderen schon durch das Gestrüpp verschwunden. Nur Santiago wartete auf sie, beobachtete sie. Kein Lächeln, die dunklen Augen ernst. Die Anspannung war in jeder Falte seines Gesichts zu lesen.

»Habt ihr wirklich nichts gefunden?«, fragte Marie, als sie zu ihm aufgeschlossen hatte.

»Abgesehen von dem Schuh und dem Hund – nichts. Nicht die winzigste Spur.«

Marie seufzte, um die Schwere von ihrer Brust zu vertreiben. Aber sie blieb. »Das ist so schrecklich! Ich will mir nicht ausmalen, wie Álvaro sich fühlt. Nicht zu wissen, was passiert ist und wo seine Frau ist …« Sie sah zu Santiago hoch, der gerade einen Ast für sie zur Seite schob. »Warum habt ihr ihn mitgenommen?«

Santiago schluckte, blickte sich um, als müsste er sichergehen, dass sein Vorgesetzter nicht irgendwo in den Büschen lauerte und sie belauschte. »Der Schuh und das Blut. Wir können gerade nicht ausschließen, dass es sich um ein Gewaltverbrechen handelt«, sagte er mit gedämpfter Stimme und machte eine kurze Pause. »Wäre Candela Soler ›nur‹ gestürzt – wie sollte da Blut ins Fell des Hundes gekommen sein, noch dazu auf den Rücken? Und zu den ersten Verdächtigen gehört immer der Partner oder die Partnerin. Aber das ist im Augenblick mehr eine Routinemaßnahme. Wir haben keine konkreten Anhaltspunkte dafür, dass ein Verbrechen vorliegt.«

Marie glitt der Ast, den sie nun für Santiago zur Seite gehalten hatte, aus der Hand. Pfeilschnell schoss er zurück. Santiago reagierte aber ebenso schnell. In letzter Sekunde wich er aus und sah Marie aus großen Augen an. »Entschuldige«, rief diese sofort. »Ich war nur so erschrocken von dem Gedanken, dass jemand Candela etwas angetan haben könnte. Sie war doch so freundlich.«

Santiago lief neben Marie her. »Behalte das bitte für dich. Ausschließen können wir im Augenblick nichts.«

»Natürlich«, erwiderte Marie. »Was, glaubst du, ist passiert?«

Santiago zögerte. Seufzend blickte er über die Schulter in Richtung Berg. Das Schweigen breitete sich zwischen ihnen aus wie ein aufziehendes Gewitter, ehe sich seine Antwort wie ein Donnergrollen entlud. »Ich glaube, dass Candela Soler aus irgendeinem Grund in die Tiefe gestürzt ist. Ob sie einfach gestrauchelt ist oder gestoßen wurde, kann ich nicht sagen.«

»Aber dann hätten wir sie hier unten finden müssen.«

Santiago schüttelte den Kopf. »Das Meer war in den letzten Tagen sehr unruhig, und die Fluten haben vielleicht ihren Leichnam und alle weiteren Spuren mitgerissen. Es kann sein, dass ihr Körper aufs Meer hinausgetrieben wurde. Dass das Wasser das Blut weggewaschen hat. Wir werden das Blut im Fell des Hundes mit dem auf dem Schuh vergleichen.«

Marie wurde bei diesen Worten ganz flau. »Aber warum haben wir dann den Schuh gefunden?«

Santiago hob die Schultern. »Vielleicht wurde er wieder angespült oder ist in einem Fels stecken geblieben. Oder Candela Soler hat ihn bei ihrem Sturz vom Berg verloren, er ist irgendwo hängen geblieben und erst in den letzten Stunden heruntergefallen.« Er seufzte. »Die Umstände sind mysteriös.«

Maries Augen brannten verdächtig. Sie wollte einfach nicht akzeptieren, dass Candela aller Wahrscheinlichkeit nach abgestürzt und gestorben war. »Vielleicht ist sie nur verletzt. Vielleicht ist sie noch irgendwo und konnte sich irgendwohin schleppen.«

Santiago blieb stehen. Inzwischen waren sie wieder am Strand, und es wurde immer dunkler. »Es ist kaum möglich, einen Sturz aus dieser Höhe zu überleben, Marie. Ich kenne mich nicht aus, aber ich werde mit einem Gerichtsmediziner sprechen und ihn fragen, was ein Sturz aus solcher Höhe mit dem Körper macht. Wahrscheinlich ist er aber völlig zerschmettert worden.«

Zerschmettert … Das Wort traf Marie wie eine Faust in den Magen. Übelkeit überkam sie, doch sie kämpfte tapfer dagegen an, atmete tief ein und aus. »Wie konnte das nur passieren?« Marie rieb sich durch das Gesicht.

Santiago strich ihr tröstend über die Schultern, wenn auch zögerlich. »Das werden wir versuchen herauszufinden.«

Seine Berührung hinterließ eine kribbelnde Wärme. »Denkst du, es war ein Unfall?« Durch Maries Kopf rasten Tausende Bilder, wie der Sturz zustande hatte kommen können. »Oder hat sie vielleicht jemand geschubst?«

Santiago hielt vor dem Polizeiwagen inne. Rubio Alonso, der Kollege und Álvaro saßen bereits darin. Cassandra und Christian standen ein Stück abseits. »Das ist schwer zu sagen, wenn wir keinerlei Hinweise haben. Wanderunfälle passieren immer wieder.«

»Aber Candela war erfahren. Sie kennt hier jeden Stein und Steig.«

»Manchmal schützt einen auch das nicht. Es reicht schon eine Windböe, ein Stein, der sich löst, ein unbedachter Schritt ...« Santiago öffnete die Wagentür. »Danke für deine Hilfe. Falls wir noch Fragen haben, melden wir uns.« Er setzte sich ins Auto, schloss die Tür, und Rubio Alonso startete den Motor.

Marie sah dem Polizeifahrzeug nach, während eine Kolonne weiterer Wagen vorfuhr. Mehrere Beamte stiegen aus, holten schwere Koffer hervor und machten sich mit dem jüngeren Kollegen, der mit Rubio Alonso gekommen war, auf den Weg zu der Stelle, an der Candelas Schuh gefunden worden war.

Der Wind zerrte an Maries Haaren, und sie schlang die Arme um ihren Oberkörper. Heute war das erste Mal seit Langem, dass sie fror. Das Gefühl von Unbehagen, das sich in ihr eingenistet hatte, wollte nicht weichen. Sie blickte auf den Berg hinter sich. War Candela wirklich tot? Ein Teil von ihr, derjenige, der Marie logisch denken und handeln ließ, sagte ihr, dass man einen Sturz aus dieser Höhe unmöglich überleben konnte und dass so ein Sturz durchaus im Bereich des Möglichen lag. Der kleine, leise Teil von ihr, der noch immer voller Hoffnung war, flüsterte ihr zu, dass es immer wieder Wunder gab.

Doch Marie war alt genug, um zu wissen, dass ihr

Verstand richtiglag. Candela war aller Wahrscheinlichkeit nach die Klippe hinuntergestürzt und gestorben, ehe das Meer sie verschlungen hatte. Bei einer zweitägigen Suche hätte man sie andernfalls längst finden müssen.

Beinahe schon vorwurfsvoll beobachtete Marie die Wellen, die eine nach der anderen vor ihren Füßen brachen und weiter als üblich über den Strand schwappten. Sie rissen Sand, Muscheln und Steine mit sich, trieben Treibholz und Unmengen von Quallen an, um sie am nächsten Morgen zum Sterben zurückzulassen.

Würden sie dann auch Candela finden? Würde das Meer sie wieder freigeben?

Cassandra hatte die Arme vor der Brust verschränkt und trat jetzt zu ihr. Christian folgte ihr. Besorgt musterten sie Marie.

»Was hat er gesagt?«, wollte die Freundin wissen.

Marie stieß die Luft aus, die sie angehalten hatte. »Ich glaube, ich brauche einen Drink.«

7.
Residenz Munker

»Wieso gehen wir nicht an die Bar?«, brummte Christian und öffnete die Bierflaschen.

»Weil Yolanda dann auf die Idee kommen könnte, uns mit einem ihrer belanglosen Probleme zu behelligen. Ich setze mich eher auf einen Kaktus als an die Bar des Hotels, in dem ich arbeite.« Cassandra grinste frech.

Marie nickte zustimmend.

Christian jedoch hob wenig beeindruckt die Brauen. Dann sah er zu Marie. »Und du sagst, *meine* Sprüche und Vergleiche wären merkwürdig.«

Sie verdrehte die Augen und schmunzelte. »Ihr bekleckert euch beide nicht mit Ruhm, was das angeht.«

Cassandra und Marie hatten es sich am Rand des Pools in Christians Garten gemütlich gemacht und ließen die Füße ins kühle Wasser baumeln. Ein guter Ausgleich zu den immer noch hohen, schwülen Temperaturen des Abends.

Christian setzte sich auf seinen Gartenstuhl. Die Zikaden gaben ihr nächtliches Konzert zum Besten, während die drei kurz bedächtig schwiegen. Auf dem Weg zur Hotelanlage hatte Marie den anderen anvertraut, was Santiago ihr erzählt hatte.

Christian brach zuerst das Schweigen. »Ich kann verstehen, warum Álvaro verdächtigt wird.«

Marie und Cassandra hoben den Kopf. Während Cassandra eher neugierig blinzelte, riss Marie die Augen auf. Wie kam er nun darauf? Álvaro war ein liebender Ehemann! Sie konnte sich nicht vorstellen, dass er etwas mit Candelas Verschwinden zu tun haben könnte. »Wieso denkst du so? Santiago meinte, es wäre nur Routine.«

Christian atmete hörbar durch die Nase ein. »Man findet den Schuh, aber keine Überreste von Candelas Körper …«

»Santiago vermutet, dass der Laufschuh vielleicht an einem Ast am Berg hängen oder in einem Spalt stecken geblieben und später erst runtergefallen ist.«

Christian nickte. »Natürlich. Er muss alle Möglichkeiten in Erwägung ziehen. Dann frage ich mich aber, warum bereits vor dem Aufprall Blut an dem Schuh war. Genauso wie auf dem Fell des Hundes.«

Cassandra sah sie an, als erwartete sie ein schlüssiges Gegenargument.

Marie hob die Achseln. »Vielleicht hat er Candela nach dem Sturz gesucht und gefunden und ist dann mit ihrem Blut und dem Schuh in Berührung gekommen.«

»Aber das Blut war doch am Rücken«, gab Christian zurück. »Dann wäre es doch wahrscheinlicher, dass es an den Pfoten klebt.« Er machte eine kurze Pause und umfasste seine Bierflasche mit beiden Händen, während er so kerzengerade in seinem Gartenstuhl saß, dass er eher in ein Geschäftsmeeting gepasst hätte. Dabei fiel Marie auf, dass er einen sehr großzügigen Abstand zur

Lehne hielt. »Oder willst du andeuten, dass das Blut schon vorher auf den Rücken gelangt ist?«

»Genau.« Marie überlegte kurz. »Wenn jemand – oder gar Álvaro – sie umgebracht hätte, hätte derjenige dann nicht auch dafür gesorgt, dass der Schuh mit ihr verschwindet … und Chorizo ebenfalls?«

Christian wiegte den Kopf. »Es kommt darauf an. Wenn es eine Affekthandlung war, wird sich der Mörder schnell vom Tatort entfernt und nicht lange über die Konsequenzen nachgedacht haben.« Er rieb sich über das Kinn. »Was mich aber noch stutzig macht, ist, dass Chorizo trotz der Witterung ziemlich sauber wirkte, findet ihr nicht?«

Cassandra trank einen Schluck Bier. »Ist mir gar nicht aufgefallen.«

Marie überlegte kurz. »Vielleicht war er im Wasser und ist dadurch sauber geworden.«

Christian hob ungläubig die Brauen. »Du scheinst auf alles eine Antwort zu haben. Ich denke aber, in dem Fall müssten noch Rückstände zu sehen sein.«

»Hm, ja. Wisst ihr, ich will einfach nicht glauben, dass Candela überhaupt tot ist. Vielleicht ist sie nicht vom Berg gestürzt, sondern hat sich irgendwo auf unwegsamem Gelände verletzt, und dadurch ist Blut auf Chorizo und ihren Schuh getropft, und der ist vielleicht vom Berg gefallen.«

Christian musterte Marie. Auf seiner Stirn zeichneten sich noch mehr Falten als sonst ab. Er schien abzuwägen, was er ihr als Nächstes sagen konnte, ohne ihre Hoffnung zunichtezumachen. »Hätten wir sie dann nicht irgendwo finden müssen?«

Natürlich hält er damit nicht hinter dem Berg, dachte Marie. »Dein Optimismus ist wirklich einzigartig.«

»Ich bediene mich an einem reichen Schatz Erfahrung

und lebe einen gesunden Realismus«, gab Christian sachlich zurück. »Es ist besser, alles zu erwarten, als sich an eine unbegründete Hoffnung zu klammern.«

Marie wusste, dass er recht hatte. Und sie wusste, dass seine Vermutungen plausibel und schlüssig waren. Dennoch bestand nach wie vor die Chance, dass Candela lebend gefunden wurde. »Vielleicht entdeckt die Polizei sie ja noch.«

»Lassen wir die ihre Arbeit machen.« Christian trank einen Schluck und nickte zustimmend. Dann ließ er sich langsam an die Lehne sinken. Im nächsten Moment sog er aber zischend die Luft ein und riss den Oberkörper ruckartig wieder nach vorn. Sein Gesicht war schmerzverzerrt.

Cassandra musterte ihn argwöhnisch.

»Ist alles in Ordnung?«

Christian blickte düster drein. »Ich bin deiner Massage-Empfehlung gefolgt.« Er trank einen Schluck. »Und habe es sofort bereut! Was habt ihr da für eine Verrückte eingestellt?« Er schnaubte und blühte plötzlich in seiner Empörung auf. »Erst faselt sie von dunklen Auren und Energien, die mich umgeben, und wedelt mit ihren Räucherstäbchen herum. Dann am Ende der Massage verbrennt sie mir den Rücken mit diesen heißen Steinen. Ich habe mich wie ein Steak gefühlt.« Vorsichtig tätschelte er seinen Rücken, indem er umständlich seinen Arm verdrehte und zischte. »Es tut höllisch weh.«

Cassandra lachte laut los. »Na ja, ich sehe, was sie mit dunkler Aura meint – so wie du gerade dreinschaust.«

Christian warf ihr einen brummigen Blick zu.

Marie schmunzelte. »Meinst du etwa Eva Becker? Sie ist neu. Hab aber eigentlich nur Gutes bis jetzt von ihr gehört. Viele Leute waren total begeistert.« Armer Christian, dachte sie, jetzt hat er sicherlich ein Trauma davongetragen.

»Von der Liege gestürzt sind wir. Hab mir meinen Rücken verknackst. Da hat sie mir noch die Schuld gegeben. Von wegen schlechtes Karma!« Er grunzte. »Ich war nach der Massage ungefähr so entspannt wie ein Spanngurt!«

Marie und Cassandra tauschten einen Blick, dann prusteten sie los. Zunächst starrte Christian die beiden düster an, als auch er plötzlich mit einstimmte. Er lachte nur kurz, doch Marie freute sich über einen seiner viel zu seltenen humorvollen Momente.

Den Rest des Abends ließen sie mit erfreulicheren Themen ausklingen. Cassandra gab ihre Yolanda-Imitation zum Besten. Die Hotelchefin war die letzten Wochen besonders aufgeregt, da nach den zwei Vorfällen im *Beach Residence & Spa* die Buchungen spürbar rückläufig waren.

Maries Handy vibrierte. Beiläufig blickte sie aufs Display. Ihr Herz machte einen Satz, als sie Santiagos Nachricht sah.

> Hey, Marie. Tut mir leid, dass ich neulich so kurz angebunden war und mich vorher lange nicht gemeldet habe. Ich hatte viel zu tun. Ich hätte es dir auch gern gerade persönlich gesagt, aber ich fand es irgendwie unpassend. Vielleicht möchtest du dich morgen Abend mit mir treffen ... falls es dir noch wichtig ist.

Marie spürte, wie Hitze in ihr Gesicht stieg.

»Wieso wirst du jetzt so rot wie ein Warnlicht?«, fragte Christian geradeheraus, wie man ihn kannte.

Cassandra grinste breit. »Wer ihr da wohl eine Nachricht geschrieben hat?«

»Wer denn?«, wollte Christian wissen und handelte sich einen tadelnden Blick von Cassandra ein.

»Na, von Santiago.«

»Vielleicht«, gab Marie zurück. Sie spürte, dass ein albernes Lächeln auf ihren Lippen lag.

»Was schreibt er denn?« Die Freundin lehnte sich gespannt zu ihr vor.

Marie strahlte nun über das ganze Gesicht. »Wir treffen uns morgen!«

8.
Im Olivengarten

Maries Roller ächzte und keuchte, als sie durch die Straßen Cala Rajadas fuhr. Sie knatterte um das Hafenbecken herum. Dort dümpelten die vornehmlich weißen Boote und Jachten vor sich hin. Touristen schlenderten entspannt über die Promenade, suchten die verschiedenen Restaurants auf. Es roch nach Fisch- und Fleischgerichten. Ab und an drang Gelächter über den Fahrtwind und das Knattern des Rollers hinweg an ihr Ohr.

Marie rollte im Slalom um einige Touristen herum. Am Ende des Hafens erreichte sie einen Küstenabschnitt und lenkte den Roller über einen Schotterweg. Spitze Felsen bildeten eine natürliche Barriere. Auf der anderen Seite lugten Villen hinter mit Bougainvilleen bewachsenen Mauern hervor. Verträumt blickte Marie auf die türkisfarbenen Fensterläden und dachte daran, wie schön es sein musste, morgens vom Rauschen der Wellen geweckt zu werden.

Das Meer brandete gegen die Felsen, schwappte an so mancher Stelle über, sodass sich ein feuchter Nebel

Gischt auf Maries Gesicht legte. Möwen kreischten über ihr.

Geschickt überholte Marie einen Jogger, ehe sie in einen unscheinbaren Weg abbog. Dort wartete Santiago bereits, die Hände in die Hosentaschen vergraben.

Er winkte strahlend, als er sie erblickte.

Marie stoppte, ließ den Roller verstummen und zog den Helm ab. »*Hola.*«

»Schön, dass du es gefunden hast.«

»Wo sind wir hier?«, fragte sie und sah sich neugierig um.

Es schien eine normale Straße zu sein, die offenbar in ein Villenviertel führte. Bei einem Blick zur Seite fiel ihr ein altes mediterranes Gebäude aus Naturstein auf. Die grüne Farbe der Fensterläden blätterte an einigen Stellen ab. Über der Holztür prangte ein Schild, auf dem *Zum Olivengarten* stand.

»Kennst du den Olivengarten nicht?«

Marie schüttelte den Kopf.

Mit einem Kopfnicken bedeutete er ihr, ihm zu folgen.

Marie blieb vor Überraschung stehen, als sie durch die Tür in ein halbes Haus trat. Lediglich eine kleine Theke und offenbar die Küche im Hinterraum waren überdacht. Der Rest des Hauses fehlte und gab den Blick in einen mit Naturstein gepflasterten Garten frei.

Überall standen Olivenbäume. Sie mussten schon uralt sein. Ihre Stämme waren dick, und ihre knorrigen Zweige fächerten sich über unzählige Tische und Stühle.

Lichterketten, die um Stämme und in Baumwipfel geschlungen waren, spendeten warmes Licht und schufen eine gemütliche Atmosphäre. Im Hintergrund lief leise Jazz-Musik, die nur von gedämpften Gesprächen und gelegentlichem Geschirrklappern unterbrochen wurde.

»Wow«, stieß Marie aus. Als sie zu Santiago aufsah, der sie genau zu beobachten schien mit einem Schmunzeln auf den Lippen, begann ihr Herz zu pochen. War das hier so etwas wie ein Date? Sie verwarf den Gedanken. Unsinn. Sie waren nur Freunde.

Ein Kellner führte sie zu ihrem Platz. Sie saßen unter einem der Olivenbäume, während über ihnen die Sonne die Wolkentürme in ein dramatisches Magenta färbte.

Marie und Santiago bestellten jeweils einen Espresso. »Das habe ich gebraucht«, seufzte er und nippte an seinem Kaffee.

»Wie lange hast du gearbeitet?«

»Ich habe eine Elf-Stunden-Schicht hinter mir«, sagte Santiago und rieb sich über das müde Gesicht. Sein Bartschatten war deutlich zu sehen, und unter seinen Augen zeichneten sich leichte Schatten ab. »Es sind viele neue Erkenntnisse zusammengekommen.«

»Im Fall von Candela?«

»Auch.« Santiago trank einen weiteren Schluck.

»Was habt ihr erfahren?«

Santiago blickte sich kurz um, um sicherzugehen, dass niemand in Hörweite saß. »Das Blut am Schuh und am Hund stammt von ein und derselben Person. Wir haben einen DNA-Abgleich gemacht: Es ist von Candela. Ihr Mann hatte uns entsprechendes Vergleichsmaterial gegeben.«

Marie nickte. Überrascht war sie nicht, dennoch fröstelte sie. Es war also nun bestätigt.

»Ihr Mann sagt aus, dass sie morgens um ungefähr acht Uhr losgegangen ist.«

Marie nickte eifrig. »Ja, das passt ungefähr. Wir haben sie um kurz nach acht getroffen.«

Santiago trank von seinem Espresso. »Álvaro hat an diesem Morgen die Einkäufe übernommen und war anschließend noch beim Friseur. Er hat also ein Alibi. Wir haben es überprüft.«

Nachdenklich rührte Marie in ihrem Cappuccino. »Und sie kam nicht zurück.«

»Richtig.« Santiago seufzte. »Álvaro hat sich aber erst einmal noch nicht so viel dabei gedacht. Er hat vermutet, dass sie vielleicht jemanden getroffen hat oder schwimmen gegangen ist. So etwas ist schon mal vorgekommen. Dann hat sie den Laden einfach später geöffnet. Daraufhin hat er dann nach dem Friseurbesuch – so gegen zwölf Uhr mittags – den Laden aufgesperrt. Gegen Spätnachmittag hat er sich dann ernsthaft Sorgen gemacht und sie als vermisst gemeldet.«

»Ist sie vielleicht an der felsigen Stelle schwimmen gegangen?« Marie überlegte kurz, hielt es dann aber für unwahrscheinlich. Dort waren die Felsen spitz und scharfkantig – das hatte auch Candela gewusst –, und es gab kaum einen angenehmen Weg, um ins Wasser zu gelangen. »Oder hat sie vielleicht jemand anders gesehen oder getroffen?«

»Tatsächlich hat sich jemand auf ihre Vermisstenanzeige gemeldet.«

Klirrend stellte Marie die Cappuccino-Tasse wieder ab. »Was? Wer?«

Santiago spielte mit dem Henkel seiner kleinen Tasse. »Ein Mann. Er hat sich bei uns gemeldet, weil er Candela oben auf dem Berg getroffen hat. Offenbar hat er sich über den Hund geärgert, der hat ihn wohl angekläfft. Es war also keine schöne Begegnung. Aber er wollte uns wissen lassen, dass er Candela dort oben am Wachturm gesehen hat. Das war so ungefähr gegen neun Uhr. Er ist aber irgendwann wieder abgestiegen. Soweit er sich erinnert, ist ihm niemand entgegengekommen.«

»Candela war also dort oben, und es ist sehr wahrscheinlich, dass sie von dort abgestürzt ist?«

Santiago nickte.

Marie drehte sich der Magen um. Sie holte leise Luft. »Und der Mann? Verdächtigt ihr ihn nicht? Vielleicht haben sie sich wegen Chorizo gestritten. Er könnte sie einfach nur im Eifer des Gefechts geschubst haben, woraufhin sie unglücklich gestürzt ist. Oder er hat sie verletzt, das Blut ist auf Chorizo und den Schuh getropft, und um seine Spuren zu verwischen, hat er die verletzte Candela den Berg hinabgeworfen.«

»Aber wieso sollte er sich dann bei uns melden? Der Regen hat alle Spuren abgewaschen. Es gibt keine Leiche und damit auch keine Mordanklage, und der Mann ist ein Tourist, den Candela aller Wahrscheinlichkeit nach nicht gekannt hat. Er wäre einfach damit davongekommen. Warum sollte er sich melden und so die Aufmerksamkeit der Polizei auf sich ziehen?« Santiago schüttelte den Kopf. »Nein, er kommt mir wie jemand vor, der uns einfach helfen wollte.« Er seufzte. »Laut Verwandten und auch Álvaro Soler besteht keine Suizidgefahr, und auch Feinde hat sie wohl keine. Das ist eine Art Fall, die kein Polizist mag. Es gibt keine Spuren und keine Leiche. Man ermittelt ins Blaue hinein, ohne zu wissen, was konkret passiert ist.«

Marie sah nachdenklich in ihre halb geleerte Tasse. Sie konnte sich auch nicht vorstellen, dass Candela sich etwas angetan hatte, und sie kannte auch niemanden, der sie nicht mochte. »Sie war allseits sehr beliebt«, bestätigte sie. »Geht ihr denn nach den Aussagen abschließend von einem Verbrechen aus?«

Santiago atmete tief ein und strich sich über das Haar. »Das ist sehr schwer und auch nicht wirklich möglich. Wir haben keine Leiche. Candela gilt offiziell noch als vermisst, auch wenn wir es für wahrscheinlicher halten, dass sie den Berg hinabgestürzt ist und von der Strömung mitgerissen wurde.«

Ein Kloß bildete sich in Maries Hals. »Ihr glaubt also, dass sie tot ist.«

Santiago hob die Schultern. Marie konnte sehen, dass er inzwischen einiges gewohnt war und diese Dinge nicht mehr so nah an sich heranließ. »Es weist alles darauf hin. Wir haben nichts, was uns das Gegenteil annehmen lässt. Und nach dieser Zeit und mithilfe der Aussagen hätten wir sie in diesem Areal längst finden müssen, würde sie nur verletzt irgendwo liegen. Es liegt also nahe, dass sie tot ist, ja.«

Marie schwieg einige Minuten, ließ die Informationen sacken und dachte nach. Dann regte sie sich wieder und blickte Santiago nachdenklich an. »Und was, wenn sie entführt wurde?«

Er brummte, verlagerte das Gewicht auf dem Stuhl erst auf die eine, dann auf die andere Seite und wiegte den Kopf. »Ist das nicht etwas riskant? Ich meine, jemanden auf dem Berg zu entführen? Ihr wart dort oben, ein Mann … und wer weiß, noch? Der Entführer könnte sich ja nie sicher sein, dass er dabei nicht gesehen wurde. Abgesehen davon stelle ich mir den Ablauf einer solchen Entführung schwierig vor. In der Stadt kann man jemanden in ein Auto ziehen und davonbrausen. Das ist da oben etwas ganz anderes.«

Santiago holte tief Luft und seufzte, dann schüttelte er den Kopf. »Nein, wir haben keinerlei Spuren gefunden, die auf so etwas hindeuten könnten. Es gibt keine Lösegeldforderung.« Santiago seufzte und hob die Schultern. »Um genau zu sein, steht's um die Finanzen der beiden nicht rosig. Sie standen tief in der Kreide.« Er blickte durch seine dichten Wimpern auf Marie. »Kurz gesagt: Wir halten eine Entführung für eher unwahrscheinlich.«

Marie nickte langsam und nahm die Informationen in sich auf. »Christian sagte, dass er es merkwürdig findet, dass der Hund mit Blut befleckt war. Also, auf dem Rücken«, warf Marie ein. »Als wäre Candela *vor* dem Sturz verletzt worden. Und er fand seltsam, dass der Rest von Chorizos Fell so sauber war und dass der Schuh gefunden wurde, aber keine Faserspuren oder Ähnliches.«

Santiago rieb sich das Kinn, trank den letzten Schluck seines Espressos und gab dem Kellner ein Zeichen. »Vielleicht ist er zu ihr gelaufen, nachdem sie gestürzt ist, und ist so mit ihrem Blut in Berührung gekommen.«

Marie dachte darüber nach.

»Was darf es sein?«

»Ich hätte gern einen Ipanema. Was möchtest du?«

Marie musste nicht lange überlegen. »Einen Mojito, bitte.« Der Kellner verschwand wieder. »Aber wie kommt das Blut dann an Chorizos Rücken? An die Füße, die Schnauze … das könnte ich verstehen. Aber an den Rücken?«

Er nickte. »Gute Frage. Dafür habe ich keine Erklärung. Es ist schwer zu rekonstruieren, wenn alle Spuren am Berg vom Regen oder vom Meer weggespült wurden und wir keinen Leichnam haben, den wir untersuchen lassen können.« Santiago schüttelte den Kopf. »Ich würde mich gern intensiver mit dem Fall auseinandersetzen. Schließlich liegt mir auch etwas daran, Candela wiederzufinden. Aber gerade können wir nichts machen, und Rubio hat mir noch weitere Fälle aufs Auge gedrückt, die gerade Priorität haben.«

Santiago betrachtete Marie und schmunzelte. »Aber ich kenne da zwei Hobbypolizisten, die wahrscheinlich wieder herumschnüffeln werden.«

Marie blinzelte erschrocken. »Was? Nein, nein. Dieses Mal nicht.« Sie lachte. »Ich habe schon genug um die Ohren und will mich mehr auf die Arbeit konzentrieren.«

»Wie läuft es mit den Ersparnissen für deine Traum-Bar?« Offenbar wollte Santiago dringend das Thema wechseln.

Wie dumm von ihr! Er war vollkommen überarbeitet, und alles, was sie wollte, war, über seine Arbeit zu sprechen. Sie beschloss also, sich seinem Wunsch zu beugen und Candelas Verschwinden vorerst nicht mehr anzusprechen. »Schleppend«, gab sie also zu.

Der Kellner brachte die Cocktails. Sie stießen miteinander an.

»Hast du dir ein Zeitlimit gesetzt, bis wann du das Geld zusammenhaben willst?«

Marie nippte an ihrem Mojito, genoss das minzige Aroma, das sich mit dem scharfen Geschmack des Alkohols vermischte. »Nein, nicht wirklich. Ich möchte mich selbst nicht zu sehr unter Druck setzen.« Sie lächelte kurz. »Genug davon.«

»Ja, genug von der Arbeit.« Santiago grinste und rührte den braunen Zucker und die Limetten seines Ipanema.

»Hast du denn noch andere Hobbys?«, scherzte Marie.

Santiago hob empört die Brauen. »Natürlich. Ich arbeite doch nicht nur.«

Marie lachte. »Es kommt mir so vor.«

»Dasselbe könnte ich auch von dir behaupten.« Er lehnte sich auf seine Ellenbogen. »In den nächsten Tagen kann ich dir gern zeigen, was ich in meiner Freizeit mache. Warst du schon einmal Stand-up-paddeln?«

9.
Wieder ein Todesfall?

»Ich kann nicht glauben, dass es bei euch schon wieder einen Todesfall gibt«, sagte Ebru am Montagmorgen. Sie schnaufte leicht beim Reden, da sie sich gerade auf dem Laufband für ihr Work-out aufwärmte.

Marie spazierte über die Promenade, blickte auf das Meer hinaus, das im Sonnenlicht glitzerte. Sie war weit weg von ihrer besten Freundin, die sie durch ihren alten Job in einer Marketingagentur in Köln kennengelernt hatte. Sie vermisste es, mit ihr nach dem Feierabend einen Wein zu trinken und über Gott und die Welt zu tratschen. »Ich weigere mich zu glauben, dass sie tot ist, wenn es noch keine Leiche gibt.«

»Das ist das Schlimme an diesen Vermisstenfällen. Man hat immer noch die Hoffnung, dass die verschwundene Person wieder auftaucht. Aber so, wie sich das bei Candela anhört, klingt das sehr unwahrscheinlich.«

Marie biss sich auf die Unterlippe und blieb vor einer Katze stehen, die sich auf der niedrigen Mauer im Sonnenlicht räkelte. »Leider ja.« Sie kraulte das Tier hinter den Ohren.

»Genug davon«, sagte Ebru mit einem Keuchen. »Wie ist dein Date mit diesem gut aussehenden Polizisten gelaufen?«

Marie verdrehte die Augen. Natürlich hatte sie ihrer besten Freundin in Köln von ihrem Treffen mit Santiago erzählt. Zum Glück konnte Ebru über das Telefon nicht sehen, wie sie rot anlief. »Es war kein Date. Wir haben uns einfach auf einen Feierabenddrink verabredet – als Freunde. Die Tage wollen wir noch Stand-up-paddeln gehen.«

»Es wird also ein zweites Date geben«, jubelte Ebru und lachte. Sie wusste, dass es Marie unangenehm war, denn sie kannte sie lange und gut und legte nun extra den Finger in die Wunde.

»Kein Date«, betonte Marie noch einmal. »Aber jetzt mal zu dir: Was ist denn mit diesem netten Typen aus der Buchhaltung geworden?«

»Ough«, stöhnte Ebru. »Der hat nur über sich und seine drei Katzen gesprochen. Und ich bin allergisch gegen Katzen, das weißt du ja.« Sie hustete schon allein bei dem Gedanken an die Felltiere. »Außerdem habe ich jetzt ein Date mit meinem Pilates-Coach, den ich spätestens morgen wieder verfluchen werde.«

Marie lachte. »Na dann: viel Spaß.« Sie verabschiedeten sich, und als sie ihr Smartphone in die Tasche zurückschob, blickte sie auf und fand sich genau gegenüber Candelas Boutique wieder.

Seit ihrem Verschwinden verriegelten die Eisenjalousien jeden Blick auf die Strandmode in dem Geschäft. Marie überkam ein Gefühl von Trauer. Wie es Álvaro wohl gerade ging? Kurz dachte sie darüber nach, ihn zu besuchen, ihm vielleicht Beistand zu leisten, aber dafür kannte sie weder ihn noch Candela gut genug.

Also lief sie mit gesenktem Blick weiter, bis sie ihr Ziel, *Albas Boqueria,* erreicht hatte. »Guten Morgen.«

»*Buenos días, chica*«, sagte Alba. Sie wirkte müde und längst nicht so gesprächig und fröhlich, wie Marie sie kannte.

»Gibt es etwas Neues?«

»*No se.* Ich weiß es nicht.« Alba wickelte Maries Baguette in Papier ein und machte sich dann an der Kaffeemaschine zu schaffen. Das graue dicke Haar, das sie normalerweise zu einem Knoten zusammengefasst trug, wirkte heute struppiger. »Das Dorf kennt momentan nur ein Thema, weißt du?«

Marie nickte. »Candela.«

»*Sí.*« Alba seufzte und stützte das Kinn mit einer Hand ab, während sie sich auf die Theke lehnte. »Alle glauben, dass sie tot ist.«

Marie nickte ein weiteres Mal und zupfte an ihrem Baguette, ohne wirklich Appetit zu verspüren. »Ja, die Polizei geht auch davon aus«, sagte sie, vermied es jedoch, Santiagos Worte dabei im Detail wiederzugeben.

Alba schüttelte den Kopf und schob ihr den Cappuccino über die Theke zu. »Die Vernunft sagt, dass es so ist, doch wir alle hoffen, dass sie noch auftaucht. Aber – *vale.*«

Marie schaute ihre Freundin mitfühlend an. »Wie hält Álvaro sich?«

Alba zuckte mit den Schultern. »*No se,* um ehrlich zu sein. Ich habe ihn seit dem Verschwinden hier nicht mehr gesehen. Er verkriecht sich. Ab und zu geht er eine kurze Runde mit dem Hund, aber sonst bekommt man ihn nicht mehr zu Gesicht.«

»Er ist bestimmt am Boden zerstört«, murmelte Marie.

»Das glaube ich auch. Vielleicht werde ich ihn heute mal besuchen gehen.«

»Richte ihm liebe Grüße aus, ja?«

»*Claro, gracias.*«

Marie verabschiedete sich, um an ihrem Lieblingsplatz hoch oben auf den Felsen zu frühstücken und ihren Cappuccino zu genießen.

Dabei kam sie am *La Vista* vorbei. Dem Café, das Carlo und Carla Herrera bis vor wenigen Tagen betrieben hatten. Schon länger hatte es nicht gut um die Zukunft des *La Vista* gestanden und war nach einem Vorfall vor einiger Zeit vollends in finanzielle Schieflage geraten. Der Schlagerstar Malcom Melone hatte Geld in das Café investieren wollen, um es zu retten. Doch dann war er von einem Konkurrenten aus dem Musikgeschäft ermordet worden.

Nun hatten die Wirtsleute ihr Café schließen müssen. Neugierig trat Marie näher.

Zu verkaufen!

Das stand auf einem Zettel an der Eingangstür, der in der leichten Morgenbrise flatterte. Darunter eine Telefonnummer von einer gewissen Bianca Toledo, ihres Zeichens Immobilienmaklerin.

Marie biss sich auf die Unterlippe. Sie zog ihr Smartphone hervor. Wie viel es wohl kosten würde, dieses Café zu kaufen? Wahrscheinlich Unsummen. Die Location wäre perfekt für die Bar, von der sie seit Langem träumte. Marie traute sich nicht ganz, diesen Anruf zu tätigen. Sie fürchtete sich vor der Antwort.

Andererseits hatte sie schon Geld zusammengespart. Natürlich nicht so viel, dass es für ein Lokal mit dieser

Lage reichen würde, aber vielleicht genug, um ein gutes Startkapital für einen Kredit zu haben.

Sie blickte auf das Lokal. Durch die verglasten Türen konnte sie durch den gesamten Raum bis zur Terrasse blicken, von wo aus man einen grandiosen Blick auf das Meer und die Berge hatte. Ihr Herz pochte. Das war einfach ihr Traumlokal!

»*Hola*, wie kann ich helfen?«

»Hallo, mein Name ist Marie Holstein, und ich interessiere mich für eine Immobilie, das ehemalige Café *La Vista*.«

»Oh, das ist ganz wundervoll. Möchten Sie einen Besichtigungstermin vereinbaren?« Bianca Toledo klang freundlich. Dennoch konnte Marie hören, dass sie eine viel beschäftigte Businessfrau war, die ihre Zeit sicherlich nicht verschwendete. »Erst einmal würde ich gern wissen, was die Immobilie kosten würde.«

Kurz trat Stille am anderen Ende ein. »Lassen Sie mich kurz nachschauen«, sagte Bianca. Das Klicken einer Computertastatur war im Hintergrund zu vernehmen. »Ah ja, das Objekt liegt bei 450.000 Euro.«

Marie schluckte. Sie hatte mit so einer Summe zwar gerechnet, diesen Betrag jedoch aus dem Mund der Maklerin zu hören, schmerzte. Es fiel ihr schwer, keinen enttäuschten Laut von sich zu geben.

»Ich weiß, das ist nicht günstig«, sagte Bianca Toledo und lachte kurz. »Aber das Café besticht durch einen atemberaubenden Blick. Wenn Sie ein gutes Konzept und ein angemessenes Startkapital haben, wird eine Bank Ihnen sicherlich das Geld leihen.« Wieder klackerte es im Hintergrund, während Marie sich fühlte, als wäre das Lokal *La Vista* in weite Ferne gerückt. »Wenn Sie allerdings auf der Suche nach etwas Günstigerem sind, kann ich Ihnen ein Objekt auf derselben Promenade anbieten, nur verfügt es nicht über einen vergleichbaren Ausblick und müsste dementsprechend umgestaltet werden. Aber das sollte ja kein Problem sein.«

Maries Neugierde war geweckt. »Welches Objekt meinen Sie?« Sie blickte die Promenade rauf und runter, konnte jedoch kein Verkaufsschild entdecken.

»Es ist gerade frisch reingekommen. Ich hatte noch keine Zeit, die Werbetrommel zu rühren. Es handelt sich um eine süße kleine Boutique am Anfang der Promenade.«

Marie fiel die Kinnlade herunter. Sie betrachtete die kleine Terrasse, auf der Candela normalerweise ihre Strandkleider ausstellte. »Oh, ja, das Objekt kenne ich.« Marie fragte sich, wieso Álvaro das Geschäft seiner Frau so schnell zum Verkauf anbot.

»Das wäre für 220.000 Euro zu haben. Sie zahlen in Caví für die Lage, das ist ja klar.«

»Natürlich«, pflichtete Marie bei, war aber schon gar nicht mehr bei der Sache. In ihrem Kopf rasten die Gedanken. »Ich … ich denke darüber nach und melde mich wieder.«

»Immer gern. Aber wenn Sie Interesse am *La Vista* haben, sollten Sie schnell sein. Das Objekt erfreut sich hoher Beliebtheit.«

»Danke für den Tipp«, sagte Marie. »Schönen Tag noch.« Sie legte auf und setzte ihren Weg fort.

Oben auf dem höchsten Punkt der Promenade hinter Marcos' Restaurant angelangt, setzte sie sich auf ihren Lieblingsplatz, eine Mulde im Fels, von wo aus sie nicht nur einen Blick auf die wunderschönen Berge hatte, die von der Sonne wachgeküsst wurden, sondern auch auf das schäumende Meer unter ihr.

Möwen flogen kreischend über das Wasser. Marie

reckte die Nase in die Luft. Der Wind streichelte ihr Gesicht.

Sie blickte auf den Berg, auf den Candela gestiegen und von dem sie höchstwahrscheinlich abgestürzt war. Der Gedanke, dass ein Leben so schnell vorbei sein konnte, löste ein Gefühl der Beklemmung in ihr aus.

Álvaro musste so elend zumute sein! Dennoch überraschte es sie, dass er so schnell den Laden aufgab und die Immobilie verkaufen wollte. Schließlich war die Boutique das Lebenswerk seiner Frau und ernährte die beiden, zumindest nach allem, was Marie wusste. Álvaro war der Hausmann, der sich um das Zuhause der beiden kümmerte, aber auch ab und an im Laden seiner Frau mit ausgeholfen hatte. Eigentlich hatte sie damit gerechnet, dass Álvaro die Boutique weiter betreiben würde. Hatte er denn jetzt schon damit abgeschlossen? Marie hatte erwartet, dass er noch länger als jeder andere an der Hoffnung festhalten würde, dass Candela noch lebend gefunden wurde.

Doch vielleicht war er einfach zu traurig und wusste nicht weiter. Obwohl, dachte Marie, sicherlich gehörte Candela der Laden. Musste sie dann nicht erst offiziell für tot erklärt werden, damit er über ihre Besitztümer verfügen konnte? Andererseits … Vielleicht hatte er die Immobilie für die Boutique für sie gekauft, war der rechtmäßige Eigentümer und konnte deshalb entscheiden, was damit geschah.

Da fiel Marie noch eine Sache ein. Santiago hatte im Olivengarten erwähnt, dass die Solers finanziell schlecht dastanden, weshalb die Polizei eine Entführung mit Lösegeldforderung für absurd hielt. Wollte Álvaro vielleicht so die Schulden begleichen?

Marie seufzte und schüttelte den Kopf. Der brummte

ihr schon vom vielen Nachdenken. Es ging sie nichts an, und sie hatte auch nicht das Recht, darüber zu urteilen.

Nachdem sie ihr Frühstück beendet hatte, machte sie sich auf den Weg zur Arbeit.

10.
Ein verführerisches Angebot

Cassandras Angebot, sie auf Valentins Boot auf einen Sundowner zu begleiten, kam Marie wie gerufen. Heute hatte ihr die Arbeit im Hotel viel Kraft abverlangt, und ihre Gedanken kreisten noch immer um Candela und ihr Verschwinden.

Valentin, ein wohlhabender Freund von Cassandra, hatte das Boot in eine verlassene Bucht gesteuert, wo sich die kleine Jacht nun sanft auf den Wellen wiegte.

Marie und Cassandra lagen auf den Polstern am Bug und blickten auf das Meer hinaus. Die Sonne brannte auf die beiden nieder, brach sich auf der Wasseroberfläche und ließ alles um sie herum funkeln und glitzern. Am cyanblauen Himmel hingen nur ein paar weiße Wolkenfetzen.

Marie lauschte dem Wasser, das in einem steten Rhythmus gegen den Bootsrumpf schwappte, und Cassandras gelegentlichem genussvollen Schlürfen.

»Ah!«, murmelte die Freundin. »Diese Strawberry-

Margarita hast du so wunderbar gemixt. Ich habe noch nie so eine gute getrunken. Sie ist einfach perfekt.«

Sie hielt das knallrote Getränk in die Höhe, aus dem oben ein Minzblatt lugte.

»Da stimme ich zu! Dieser Ipanema ist mega«, rief Valentin und prostete den beiden zu. Er gesellte sich zu ihnen und blinzelte gegen die Sonne. »Wie läuft es denn mit deiner Bar?«

Marie lächelte angestrengt.

»Falsches Thema?«

Sie seufzte. »Nein, das ist es nicht. Es wirkt gerade alles nur sehr weit weg, und offenbar fragt mich momentan jeder danach.«

Valentin kaute auf seinem Strohhalm und blickte nachdenklich in Richtung Felsen, die aus dem Wasser ragten und auf denen sich eine Reihe Zypressen gen Himmel reckten. »Hast du also noch nicht so viel zusammen?«

»Nein, es geht eher schleppend voran.« Marie betrachtete das türkisfarbene, klare Wasser unter ihnen. Sie würde reinspringen, sobald sie den Cocktail getrunken hatte.

Valentin nickte langsam. »Verstehe.«

Marie sog an ihrem Strohhalm. Das süße Aroma des Erdbeermarks und der bittere Alkoholgeschmack breiteten sich auf ihrer Zunge aus. Ihre Muskeln entspannten sich. Sie atmete tief durch. Dann stellte sie das Glas ab, ließ das Kleid von ihrem Körper gleiten, unter dem sie den Bikini trug, und blickte fragend zu Cassandra. »Kommst du mit?«

Cassandra sah auf ihren Cocktail. »Nein, ich passe. Mir steigt der Alkohol schon zu Kopf. So sollte ich nicht schwimmen gehen.« Sie lachte.

»Okay.« Marie sprang mit einem Kopfsprung ins kalte Blau.

Sie tauchte in eine andere Welt. Das zischende Geräusch, als sie das Wasser durchschnitt, hallte in ihren Ohren. Silbrige Blasen stiegen neben ihr auf, kitzelten über ihre Haut. Kurz blieb sie im klaren Wasser, blickte auf zur Wasseroberfläche, die sich über ihr bewegte.

Schwebend betrachtete sie das Licht der Sonne, das sich wie Tausende Scheinwerfer im Wasser brach. Unter ihr konnte sie den Boden nur erahnen. Tiefes Blau, überall um sie herum.

Marie tauchte auf, schmeckte das Salz auf ihren Lippen. Die Wellen trugen sie sofort mit sich.

Seufzend und lächelnd legte Marie sich auf den Rücken, planschte und ließ sich einfach treiben. Sie ließ alles los. Die Sorge um Candela, die Sorge um die Zukunft mit ihrer Bar, den Stress bei der Arbeit. Sie war im Paradies, die Wärme um sie herum ließ es sie deutlich spüren.

Marie schwamm einige Meter um das Boot herum, um sich etwas zu bewegen und die verspannten Muskeln zu lockern, ehe sie wieder an Bord stieg. »Noch eine Runde?«, fragte sie Valentin und Cassandra, die angeregt miteinander tuschelten und dann nickten. Worüber sie wohl sprachen? Marie wollte aber nicht neugierig sein.

Sie betrat die kleine Bordküche und mixte zwei weitere Strawberry-Margarita und einen alkoholfreien Ipanema für Valentin.

Mit den Gläsern kehrte sie zurück an Deck, als die beiden sie breit angrinsten. »Was?«, fragte Marie, während sie ihnen die Gläser in die Hand drückte.

»Wir haben gerade über deine Situation gesprochen«,

sagte Cassandra aufgeregt. »Und Valentin hatte eine tolle Idee. Ich bin so gespannt!«

Marie lachte verunsichert. »Worum geht es?«

Valentin hob sein Glas. »Ich würde dir gern einen privaten Kredit anbieten. So könntest du schneller an deine Bar kommen und wärst nicht an eine Bank gebunden.«

Cassandra quietschte begeistert.

Marie wusste, dass nicht nur Valentin selbst wohlhabend war, sondern die gesamte Familie von Trauenstein. Soweit ihr bekannt war, arbeitete sein Vater als erfolgreicher Anwalt. Seine Mutter war *die* Interior-Designerin der Stars und Sternchen auf Mallorca, und Valentin selbst handelte schon seit dem Teenageralter mit Wertpapieren. Die von Trauensteins waren der Inbegriff einer erfolgreichen Familie, die außerdem wusste, wie man das Geld intelligent anlegte.

Ein warmes Gefühl der Dankbarkeit schwappte bei dem Angebot über Marie hinweg. Sie strahlte. »Danke«, sagte sie begeistert. Das war wirklich nett von Valentin!

»Ich kann dir gern die Eckdaten mal aufschlüsseln, und du überlegst es dir. Was sagst du?«

Marie freute sich. Plötzlich wirkte alles gar nicht mehr so unrealisierbar. Ihr Traum von einer Bar auf Mallorca. Dennoch machte sich ein flaues Gefühl in ihrer Magengegend breit. Sie konnte nicht genau sagen, warum, nur, dass es da war. Dabei sollte sie nach diesem Angebot eigentlich Freudensprünge machen. »Das werde ich auf jeden Fall. Danke schön, Valentin!« Sie stießen miteinander an.

Genüsslich brummte er. »Du musst auf jeden Fall eine Bar eröffnen. Ich schicke dir auch alle meine Freunde.«

Die drei setzten sich wieder, genossen die Wärme der Sonne, während diese langsam unterging. Sie lachten und vergaßen die Zeit um sich herum, tranken Cocktails, drehten die Musik laut auf und tanzten auf dem schwankenden Boot.

Da stieg das Gefühl des Glücks mehr und mehr in Marie auf. Es kribbelte wie die Wasserblasen zuvor über ihre Haut. Vielleicht war das Ziel doch nicht so fern.

11.
Harte Arbeit

Zwei Wochen verstrichen. Zwei Wochen, in denen Marie sich auf die Arbeit konzentrierte. Die Feierabende verbrachte sie entweder mit Cassandra, an Christians Pool oder gelegentlich mit Santiago.

Letzterer war allerdings so sehr beruflich eingespannt, dass er manchmal gar keinen Feierabend hatte. Während sein Partner Rubio Alonso jeden Tag pünktlich eine Kneipe in der Nähe des Hafens aufsuchte, saß Santiago bis spät in die Nacht an seinem Schreibtisch.

Marie wusste, dass er damit seine Karriere vorantreiben wollte, doch es wirkte beinahe, als bestimmte sein Beruf sein ganzes Leben. Aber sie wollte sich darüber kein Urteil erlauben. Schließlich leistete auch sie einige Überstunden, um mehr Eigenkapital zusammensparen zu können.

So verlockend Valentins Angebot war, Marie wusste nicht, ob sie sich so viele Jahre verpflichten wollte.

Nach einer Woche, die sie durchgearbeitet hatte, konnte Marie nun endlich einen freien Tag genießen.

Sie ließ sich vom Zwitschern der Spatzen vor ihrer geöffneten Balkontür wecken. Durch die Vorhänge stahl sich ein gleißender Sonnenstrahl ins Zimmer. Zwischendurch tanzte er über den Boden, wenn eine warme Brise ihre Gardinen bewegte.

Genüsslich räkelte Marie sich in ihrem viel zu schmalen Bett, wusch sich, zog sich ihre Sportkleidung an und trat in den Vorgarten, der wie ein Dschungel wirkte. Mehrere Bananenpflanzen, Palmen und Oleander gesellten sich zu den Pinien im Vorhof. Eine Nachbarskatze hatte sich auf einem sonnigen Plätzchen niedergelassen. Träge hob sie die Lider, als Marie sich dehnte, um sich auf den Lauf vorzubereiten.

Ihre Route verlief durch Caví, am Marktplatz vorbei, wo Cassandra in einem der sanierten Altbauhäuser wohnte, die mit ihren bunten Fassaden den Platz einrahmten. Sie lief weiter durch den Wald und über seine verwinkelten Wege. Die Äste rankten sich schützend über sie, schirmten das grelle Sonnenlicht ab und ließen es nur tanzende Punkte auf die Straße malen.

Auf dem Rückweg joggte sie an den weißen Zäunen der Reiterhöfe vorbei. Pferde wieherten und blickten neugierig auf, als Marie vorüberkam. Hier draußen befanden sich auch mehrere Ferienhäuser, die versteckt zwischen den Fichten lagen und eine hohe Privatsphäre boten.

Vollkommen verschwitzt und überhitzt betrat sie schließlich wieder ihr kleines Appartement. Mit Blick auf die Uhr stellte sie fest, dass sie keine Zeit mehr für eine ausgiebige Dusche hatte. Denn sie war verabredet.

Sie sprang unter die Dusche und zog sich dann ein langes Strandkleid mit Palmenprint über. Dieses Mal würde sie nicht bei Alba auf einen Cappuccino einkehren können. Deshalb goss Marie eine Kanne frischen

Kaffee auf, füllte ihn in eine Thermosflasche, nahm zwei Tassen aus dem Schrank und machte sich auf den Weg zum Strand.

Christian wartete dort schon auf sie. Er hatte sich auf seine leichte Popelinejacke gesetzt, saß exakt so weit vom Wasser entfernt, dass die Wellen seine Füße in den Lederschuhen nicht berühren konnten.

Als er sie erblickte, hob er eine Hand. »Ich dachte schon, du hättest unsere Verabredung vergessen«, sagte er und nickte Marie zur Begrüßung zu. Ein Lächeln hatte er nicht für sie übrig, nur ein kurzes Zucken der Mundwinkel.

»Wie könnte ich eine Verabredung mit dir vergessen?«, erwiderte Marie gut gelaunt, zwinkerte und hielt die Tassen in die Höhe.

Christian nahm eine entgegen, begutachtete skeptisch, wie Marie ihm Kaffee eingoss, und wartete, bis sie sich neben ihn gesetzt hatte. »Zum Wohl«, sagte er, stieß mit ihr an und trank einen Schluck. Dabei verzog er leicht das Gesicht.

»Selbst aufgebrüht, sorry!«, erklärte Marie und gluckste.

»Mein lieber Scholli! Der geht bestimmt auf die Pumpe«, meinte Christian. »Der könnte Tote wieder zum Leben erwecken.«

Marie kicherte, und er stimmte kurz mit ein, was selten geschah.

»Du hast in letzter Zeit viel gearbeitet«, stellte er fest. »Geht es dir gut?«

»Ja, das habe ich mir so ausgesucht. Ich habe ein Angebot von Valentin von Trauenstein bekommen, Cassandras Freund. Er will mir quasi einen Privatkredit einräumen. Aber mit dem Eigenkapital, das ich gerade habe, müsste ich mich sehr lange verpflichten.«

Christian rümpfte die Nase. Doch er sagte zunächst nichts.

»Komm, spuck's aus.« Marie sah ihn eindringlich an. »Dir gefällt das nicht, nicht wahr?«

»Exakt«, stimmte Christian zu und trank einen weiteren Schluck. Marie vermutete, aus Höflichkeit. Dann nahm er die Tasse in beide Hände, legte diese mit den Kanten auf die Knie und streckte den Rücken durch. Sogar am Strand wirkte jede seiner Bewegung bewusst und hölzern, als könnte er sich nicht einmal hier entspannen. »In meiner Laufbahn als Polizist habe ich viele Verbrechen aufgeklärt – oder auch nicht aufklären können –, und das waren oftmals die, die mit Geld zusammenhingen.«

Nun wandte er ihr das Gesicht zu, und selbst hinter der Sonnenbrille spürte Marie seinen mahnenden Blick. »Sogar innerhalb der eigenen Familien kann das Thema ›Geld‹ einen blutigen Wendepunkt verursachen.« Dann entspannten sich seine ernsten Züge etwas. »Aber du bist erwachsen, und ich bin auch nicht dein Vater. Du kannst tun und lassen, was du willst.«

Marie nickte nachdenklich. Christian war etwas überdramatisch, doch er hatte recht: Geld von Bekannten oder Verwandten zu leihen konnte problematisch werden. Zwar konnte sie sich nicht vorstellen, dass Valentin bei seinem Angebot irgendwelche Grenzen überschreiten würde, aber es musste ja nicht gleich böse enden. Einen Streit auslösen oder bei Valentin – dem Freund ihrer Freundin – in Ungnade fallen, das wollte sie auch nicht. Abgesehen davon hatte sie nicht vor, ihn zu prellen oder ihre Schulden nicht abzubezahlen.

»Überleg es dir einfach gut«, sagte Christian. »Es ist immer gut, wenn man nicht abhängig ist.«

»Das stimmt.«

Das Meeresrauschen füllte die Stille zwischen ihnen. Auch wenn es heute ruhig und das Wasser klar war, lenkte es Maries Gedanken unwillkürlich zu Candela.

Anscheinend ging es Christian genauso. »Hat man schon etwas Neues gehört von Candela Soler?«

Marie hob die Schultern. »Ich habe Santiago nicht mehr gesprochen. Er ist sehr eingespannt. Aber ich denke, man hat sie noch nicht gefunden. Das hätten wir bereits gehört.«

»Da hast du auch wieder recht.« Christian trank einen weiteren Schluck.

»Aber als ich neulich mit einer Immobilienmaklerin gesprochen habe wegen des *La Vista,* hat sie mir auch Candelas Boutique zum Kauf angeboten.«

Christian wandte ihr ruckartig den Kopf zu. Seine Brauen hoben sich über die Ränder seiner Sonnenbrille. »So?«

»Ich fand es etwas seltsam, dass Álvaro so schnell ihren Laden verkaufen will. Schließlich ist sie noch nicht einmal offiziell für tot erklärt.«

Christian brummte in seine Kaffeetasse. »Er hat es offenbar sehr eilig damit.«

»Vielleicht kann er sich selbst nicht um das Geschäft kümmern, und ihm wird alles zu viel.«

»Oder er braucht das Geld.«

Damit lag er ja nicht falsch. Doch so, wie er es sagte, klang es, als machte es Álvaro automatisch zum Täter. Marie verstand, warum Christian Candelas Mann gegenüber misstrauisch war. Sicherlich war das auch eine Art Berufskrankheit. Ein Verbrechen konnte zwar nicht ausgeschlossen werden, da die Polizei noch immer keine Leiche gefunden hatte, die untersucht oder gar obduziert werden konnte. Es war schwierig, mit Sicherheit zu sagen, dass ein Verbrechen vorlag.

Álvaro hatte seine Frau geliebt – zumindest hatte Marie diesen Eindruck gewonnen. Und Trauernde taten manchmal Dinge, die für andere nicht ganz nachvollziehbar waren.

»Welches Motiv sollte er denn haben? Die beiden wirkten immer sehr harmonisch.« Marie zuckte die Schultern, um zu untermauern, dass ihr keines einfallen wollte. »Abgesehen davon haben wir Candela am Morgen ihres Verschwindens gesehen. Álvaro aber nicht.«

Christian schüttelte langsam den Kopf. »Vielleicht hat er einen anderen Wanderweg genommen, einen abgelegenen, selten benutzten, von dem er wusste, dass ihm auf dem niemand begegnet.«

»Nein, Christian. Das ist nicht möglich. Álvaro hat ein Alibi. Er war einkaufen, dann beim Friseur, und als es dann Mittag wurde und Candela immer noch nicht vom Wandern zurückgekehrt war, hat er die Boutique aufgesperrt und gehütet.« Marie goss sich einen weiteren Kaffee ein, bot Christian auch eine zweite Tasse an. Dieser riss die Augen auf und beeilte sich zu verneinen. »Welchen Grund sollte Álvaro gehabt haben?«

Christian schob seine Sonnenbrille auf die Stirn und blickte Marie eindringlich an. »Na, Geldsorgen!«

»Ja, das hatte Santiago bereits erwähnt.« Marie nickte nachdenklich. Warum sie der Polizei noch nicht von dem Immobilienangebot erzählt hatte, konnte sie sich selbst nicht recht erklären – vielleicht, weil sie so gar nicht an eine Verstrickung Álvaros in dieser Sache glauben konnte. Schließlich hatte er ein Alibi. »Vielleicht will er die Boutique genau deswegen verkaufen. Um die Schulden – oder einen Teil davon – zu begleichen. Möglicherweise verbirgt sich kein Verbrechen hinter den aktuellen Geschehnissen. Vielleicht ist es genau so, wie es nach außen wirkt: ein furchtbarer Unfall und ein trauernder

Ehemann, der jetzt versucht, sich aus den Schulden zu retten.«

Marie atmete einmal hörbar ein und aus, als wäre sie einen Marathon gelaufen. Dann hüllte Schweigen sie beide ein, in dem nur das Lachen der Möwen zu hören war. »Das glaube ich jetzt nicht.« Nachdenklich sah sie über Christians Schulter hinweg den Strand entlang, als ihr etwas ins Auge fiel. »Das ist doch … Chorizo, oder?«

12.
Eine unfreiwillige Höhlenwanderung

Nachdem Marie sich vergewissert hatte, dass Álvaro tatsächlich nicht in der Nähe war, war sie aufgesprungen und hatte die Verfolgung des Fellknäuels aufgenommen. Er war wirklich ein unverbesserlicher Ausreißer!

Der kleine Pekinese tapste zielstrebig den Strand entlang. »Chorizo!« Auf ihre Rufe reagierte er nicht.

»Marie, warte!«, schnaufte Christian hinter ihr, der offenbar nicht auf eine Joggingrunde gefasst gewesen war.

Marie aber wurde nicht langsamer. Sie hatte Chorizo noch nicht eingeholt, und der kleine Kerl verschwand gerade hinter einem Felsen, der weit in den feuchten Sand ragte.

Im Laufschritt eilte Marie hinter ihm her. Als sie den Fels umrundet hatte, fand sie sich in einer schmalen, winzigen Bucht wieder, in der es sich vor allem Nudisten gemütlich gemacht hatten, um ihre nackten Körper in der Mittagssonne zu bräunen.

Gerade noch erhaschte sie einen Blick auf den Pekinesen, der nun in einem Höhleneingang verschwand. Er hatte sich durch eine Lücke zwischen Fels und einem Holzbrett ins Innere gezwängt. Da es sich hier nicht um das für Touristen öffentlich zugängliche Höhlensystem handelte, war dieser Eingang versperrt, damit sich niemand darin verirrte. Aber Marie wusste von den Einwohnern, dass vor allem Jugendliche sich ab und an Zugang verschafften und zu diesem Zweck das Brett gelockert hatten.

»Chorizo«, rief Marie und ignorierte die Touristen, die sich offenbar in ihrer Ruhe und Nacktheit gestört fühlten. Marie stürzte weiter, als plötzlich ein nackter älterer Herr hinter dem Felsen hervortrat.

Sie beide erschreckten sich.

»Oh«, keuchte Marie und schirmte die Augen gegen die Sonne ab. »Entschuldigen Sie bitte. Ich versuche, einen Hund zu fangen.«

Der ältere Herr sah ihr verdattert nach, als sie das schwere und mit Graffiti besprühte Brett keuchend zur Seite rückte und Chorizo in den Höhleneingang folgte.

»Marie«, hallte Christians Stimme hinter ihr, ehe er einige Sekunden später vollkommen außer Atem neben ihr zum Stehen kam. »Ich habe gerade bestimmt mehr nackte Menschen gesehen als ein Pathologe in einem Jahr.« Er atmete einige Male schnaufend durch.

Marie ließ den schrägen Vergleich erst einmal unkommentiert und sah sich stattdessen in der Tropfsteinhöhle um. Chorizo war verschwunden.

»Ich würde niemals nackt sonnenba-«

»Chorizo!«, rief Marie in die Höhle, sodass ihre Stimme von den Felswänden widerhallte und zu ihr zurückprallte.

Christian fuhr zusammen. »Hilfe. Ich bin jetzt wohl taub«, sagte er trocken.

»Entschuldige.« Marie musterte die Weggabelung. Der Höhleneingang, in dem sie standen, war schmal. Wasser rann an den nackten Felswänden herab. Nur das fahle Licht von draußen erhellte die Höhle. Vor ihnen lag vollkommene Dunkelheit. Marie schluckte. Sie hatte nicht sehen können, in welche Richtung Chorizo gelaufen war.

Ein Kläffen hallte durch die Gänge.

»Es kommt aus der Richtung da«, bemerkten Marie und Christian wie aus einem Munde, zeigten aber in unterschiedliche Richtungen.

»Dann teilen wir uns auf«, schlug Christian vor und marschierte schnurstracks in den linken Gang.

»In Ordnung.« Marie wandte sich nach rechts.

Chorizos Bellen war verstummt, sodass nur das Echo ihrer knirschenden Schritte auf dem Steinboden und fernes stetes Tropfen durch den Gang zu ihr klangen.

»Chorizo«, rief Marie mit lockender Stimme, während sie dem Weg weiter folgte. Das wenige Licht vom Höhleneingang verschwand gänzlich nach der ersten Biegung. Nun lag vor Maries Augen nur noch Dunkelheit. Sie zog ihr Smartphone hervor und schaltete die Taschenlampe ein.

Der Gang schien endlos zu sein und verschlang das Licht, während die Stalaktiten und Stalagmiten unheimliche Schatten an die Höhlenwände warfen.

Die Grotten, deren Eingang sich weiter südlich auf der anderen Seite des Berges befand, waren ein beliebtes Touristenziel und wurden von der Stadt vermarktet. An irgendeinem Punkt schlossen sich die Tunnel an dieses System an. Die Gänge des südlicheren, für Touristen zugänglichen Teils waren ausgeleuchtet, damit man die Höhlenmalereien bestaunen konnte, und am Ende des verzweigten Labyrinths wartete ein unterirdischer See, der kristallklares Wasser führte.

Der Tunnel, in dem Marie nun nach dem Pekinesen suchte, besaß weder Höhlenmalereien noch unterirdische Seen. Hier herrschte undurchdringliche Dunkelheit, und langsam regte sich ein beklemmendes Gefühl in Marie. Was hatten sie sich nur dabei gedacht, sich aufzuteilen? Schließlich war das auch in jedem Horrorfilm der Anfang vom Ende, wenn man sich aufteilte. »Chorizo«, rief sie noch einmal. Es kam ihr so vor, als bräche ihrem Echo die Stimme.

Wieder erklang ein Bellen, dieses Mal hörte es sich ferner an. Erneut stieß Marie auf eine Weggabelung, hielt sich aber augenblicklich links, bevor das Kläffen verstummen konnte. Hoffentlich würde sie später problemlos wieder zurückfinden!

Ihr Herz klopfte, während sie den Lichtkegel den Tunnel entlangschickte. Dieser versank am Ende im Dunkeln. Doch Chorizos Bellen klang nun eindringlicher. Unaufhörlich kläffte der kleine Hund.

Maries Schritte beschleunigten sich. Hatte er sich verlaufen? Oder suchte er hier nach seinem Frauchen?

Als Marie um eine weitere Felswand bog, konnte sie nun endlich das weiße Bündel sehen. Dennoch stockte sie. Denn auch dort flackerte ein Lichtkegel.

Maries Puls raste. Ihre Schritte wurden langsamer. Ohne es zu bemerken, schlich sie auf den Pekinesen zu, der knurrte und kläffte in Richtung eines Stalagmiten, der einen Durchmesser von mindestens zwei Metern haben musste.

Der andere Lichtkegel schwang über den Boden, die Decke, den Felsen, fokussierte sich aber ebenfalls immer wieder auf Chorizo, dessen Kläffen nun beinahe schmerzhaft in Maries Ohren klingelte. Das konnte unmöglich schon Christian sein!

»Chorizo«, rief sie ein weiteres Mal in lockendem Ton. Doch das schien der Hund nicht zu hören.

Ihrer Angst vor dem anderen im Tunnel zum Trotz hechtete sie auf Chorizo zu. Dieser erschrak, bellte laut auf und wich etwas zurück.

Marie ließ sich auf die Knie fallen und streckte ihm eine Hand hin. »Ich bin es doch nur. Hier, riech mal!«

Der Hund tappte ein paar Schritte näher, hielt vorsichtig die kleine Nase in die Luft, um Maries Geruch aufzunehmen. Als er sie erkannte, wedelte er freudig mit dem Schwanz und kam aufgeregt auf sie zu.

Marie nahm ihn auf den Arm.

»Hey«, ertönte eine tiefe Stimme hinter ihr.

Marie wirbelte herum, kniff aber augenblicklich die Augen zusammen, als sie in grelles Licht starrte.

Der Versuch, es mit der Hand abzuschirmen, während der Hund in ihrem Arm zappelte, war erfolglos.

»Ach, du bist es«, sagte der Unbekannte, und erst da schwenkte der Lichtkegel zu Boden.

Maries Augen benötigten einige Sekunden, um sich wieder an die Dunkelheit zu gewöhnen. Blinzelnd starrte sie auf eine schemenhafte Gestalt, die auf sie zukam. Sie taumelte zurück, da sie nicht wusste, wer es war – die Stimme hatte so gehallt –, stieß jedoch mit dem Rücken gegen eine kalte Felswand.

Unter ihren Schuhen knisterte Papier. Müll, wie sie mit einem kurzen Blick feststellte. Ihr Herz raste.

Erst als sie Álvaro erkannte, beruhigte sich ihr Pulsschlag wieder. Keuchend rang sie nach Luft. »Hast du mich erschreckt!«, ächzte sie. »Du klingst hier drin so anders.«

»Entschuldige«, bat Álvaro nun mit sanfterer Stimme.

»Ich bin anscheinend nicht der Einzige, der nach unserem kleinen Ausreißer sucht.«

Marie lachte, mehr vor Erleichterung. »Ich … wir haben ihn am Strand gesehen, und da du nicht bei ihm warst, habe ich mir schon gedacht, dass er ausgebüxt ist.« Sie streichelte Chorizo sanft über den Kopf. Dabei drängte sich ihr jedoch automatisch die Frage auf, wo Álvaro gewesen war, dass er sie nun so leicht eingeholt hatte. Er musste ja Chorizo ebenfalls gesehen haben, wenn er wusste, dass er in den Tunnel gelaufen war. Oder war er bereits hier gewesen? Aber warum?

»Wir?« Álvaro blickte sich um.

In diesem Moment flackerte ein weiteres Licht am Ende eines dritten Tunnels auf, der von dieser Kreuzung abging. Nach wenigen Sekunden stand Christian bei ihnen. Verwirrt starrte er von Marie, die noch immer Chorizo im Arm hielt, zu Álvaro und wieder zurück.

»Da hatten wir wohl beide recht«, sagte er und schmunzelte kurz. Als er jedoch erneut zu Álvaro schaute, verhärteten sich seine Gesichtszüge, und der Ausdruck in seinen Augen gefror.

»Danke, dass ihr Chorizo wieder eingefangen habt. In letzter Zeit haut er gerne ab.« Er lachte ein humorloses Lachen, das im Angesicht von Christians fragendem Blick verstummte. »Er ist nicht mehr derselbe, seitdem … na ja –« Er brach ab und sah dann Marie mit einer Mischung aus Unbehagen und Erwartung an.

»Das kann ich verstehen«, erwiderte Marie. »Es ist eine schwere Zeit für euch beide.« Sie ignorierte Christians unwilliges Grunzen und setzte den Hund auf dem Boden ab.

Dieser tappte jedoch wider Erwarten auf die Säule zu und begann zu jaulen.

»Chorizo, komm her, mein Junge.« Álvaro ging in die Hocke.

Doch der kleine Pekinese steckte die Nase lieber in den Müll, der hier verteilt lag. Brötchentüten, Pappbecher und jede Menge leere Schokoriegelverpackungen.

Auch Christian beobachtete den Hund genau.

Álvaro seufzte, stand auf und nahm Chorizo auf den Arm. Der plüschige Zwerg protestierte brummend, ließ dann aber zu, dass sein Herrchen ihn festhielt. »Wie gesagt, er ist nicht mehr derselbe«, bemerkte Álvaro und lächelte traurig.

Marie spürte, wie sich ihre Brust zusammenzog vor Mitgefühl. »Es tut mir so leid, Álvaro«, flüsterte sie.

Dieser nickte, blickte betreten zu Boden und kraulte die Ohren des Hundes. »Danke. Vielen Dank.« Er sah zu Christian. »Auch an Sie für Ihre Hilfe. Diese Gänge können tückisch sein.«

Christian nickte. »Schon gut.« Er sah sich kurz um. »Ich frage mich nur, was Chorizo gesucht hat. Er wirkte so zielstrebig.«

Marie warf ihm einen warnenden Blick zu. Dieser arme Mann hatte kürzlich seine Frau verloren. Ja, dachte sie, streng genommen galt Candela noch als vermisst. Aber auch Marie glaubte inzwischen nicht mehr daran, sie noch einmal lebend wiederzusehen. Das Letzte, was Álvaro nun brauchte, waren Verdächtigungen, die gegen ihn laut wurden – zumal er ein Alibi hatte.

Maries Herz wurde schwer, als sie beobachtete, wie Álvaro Chorizo fest an sich drückte. »*Sí*«, sagte er mit einem traurigen Seufzen. »Er versucht öfter abzuhauen und geht in Richtung Berge, um Candela zu suchen.« Er sah Marie mit einem traurigen Funkeln in den Augen an. »Ich wünschte, ich könnte ihm erklären, dass sie nicht mehr wiederkommt.«

»Ach, Álvaro.« Marie legte ihm einen Arm um die Schulter.

Christian blickte noch immer misstrauisch drein, sagte jedoch nichts.

Die drei verließen mit Chorizo die Tunnel und kehrten zum Strand zurück. Dort legte Álvaro dem Hund die Leine an. Dieser zog wieder in Richtung Berge. »*No, no*, Chorizo. Wir gehen nach Hause.« Er wandte sich zu Marie und Christian um und hob eine Hand. »Vielen Dank noch einmal.« Damit verschwand er.

Die beiden sahen ihm noch lange nach, während Álvaro den Strand empor in Richtung Promenade lief. Chorizo folgte ihm an der Hundeleine nur widerwillig.

»Mit dem stimmt etwas nicht«, brummte Christian.

Marie verdrehte die Augen. »Dieser arme Mann hat seine Frau verloren, und der Hund läuft ständig weg und sucht sie, weil er es nicht versteht. Das ist so traurig! »Sie schüttelte vorwurfsvoll den Kopf. »Und du hast nichts Besseres zu tun, als dir zu überlegen, wie Álvaro mit Candelas Verschwinden oder Schlimmerem in Zusammenhang stehen könnte. Davon abgesehen hat Álvaro ein Alibi.«

»Findest du nicht, dass er sich auffällig verhält? Es gibt einige Dinge, die nicht ganz ins Bild passen, und der Hund zeigt sie uns sogar. Warum läuft er nicht auf den Berg oder dorthin, wo der Schuh gefunden wurde? Kannst du mir das mal erklären?«

Marie hob die Schultern. »Wer weiß, vielleicht war Candela auch öfters in den Tunneln mit Chorizo unterwegs.« Sie seufzte. »Und, nein, Álvaro verhält sich wie ein trauernder Ehemann, der nicht ganz weiß, wohin mit sich.« Sie legte eine Hand auf Christians Schulter. »Ich verstehe, dass du durch deinen Job oft zwischen den Zeilen liest und hinter die Fassaden zu schauen versuchst. Aber manchmal sind da keine Verbrechen, die sich hinter einer Tragödie verstecken. Manchmal hat man es nur mit sehr traurigen Menschen zu tun.« Álvaro hatte mittlerweile die Promenade erreicht. Gleichzeitig strömten mehr und mehr Touristen auf den Strand. »Sogar Santiago sagt, dass es höchstwahrscheinlich ein Unfall war.«

Als Marie diese Worte aussprach, sackte für den Bruchteil einer Sekunde Christians Körperhaltung in sich zusammen. Er wirkte plötzlich müde. »Aber mein Bauchgefühl –«

»Manchmal täuscht es uns.«

»Das habe ich damals auch gedacht …« Christian verkrampfte sich unter Maries Berührung, als schmerzte sie, weshalb sie ihn losließ. Etwas in ihm brodelte. Sie wollte nachfragen, wagte es jedoch nicht. Er wirkte in diesem Moment seltsam gebrochen.

13.
Stand-up-Paddel-Date

Am nächsten Morgen, einem Dienstag, ordnete Marie gerade an der Rezeption einige Unterlagen, als sie Christian das nächste Mal sah, wie er mit hängenden Schultern zum Frühstück ging. Mit einem Blick auf die Uhr legte sich ihre Stirn in Falten. Er war heute erst zehn Minuten nach neun zum Frühstück erschienen. Wie ungewöhnlich! Normalerweise saß er pünktlich um neun an seinem angestammten Platz.

Außerdem wirkte er müde, und er hatte sich nicht rasiert. Das war das Erste, was Marie ins Auge fiel, als sie ihn musterte. »Hallo, Christian! Ist alles in Ordnung?«

Er streckte den Rücken durch, straffte die Schultern und räusperte sich. »Natürlich, guten Morgen, Marie. Wieso sollte nicht alles in Ordnung sein?«

»Du hast gestern etwas … mitgenommen gewirkt.« Sie bemühte sich um einen neutralen Ton. »Und dann warst du sehr schnell weg.«

»Auch der Papst trinkt Wein außerhalb der Kirche.«

Marie lachte und verdrehte die Augen. »Und ich hab

mir schon Sorgen gemacht, aber du bist ja doch noch der Alte.«

Christian lächelte kurz und verabschiedete sich dann in den Frühstückssaal.

Die restliche Schicht über bekam sie ihn nicht mehr zu Gesicht. Marie war aber auch sehr beschäftigt. Einige Zimmer mussten neu hergerichtet werden.

Kurz vor Dienstschluss trat noch ein Gast durch die Schiebetüren, mit dem sie nicht gerechnet hatte.

Santiago kam mit beschwingten Schritten auf die Rezeption zu. »*Buenas tardes, Señora.*«

Marie lachte vor Überraschung. »*Señor* Navarro, was führt Sie in unser bescheidenes Haus?«

Santiago stützte sich mit den Ellbogen auf den Tresen, sodass sein Gesicht nah vor Maries war. Sie spürte, wie sich ihr Herzschlag beschleunigte, als sie in seine dunklen Augen blickte. Sein Grinsen fiel etwas in sich zusammen. Er legte das Kinn auf die Hand. »Ich habe mich in letzter Zeit nicht oft gemeldet und war zu beschäftigt mit der Arbeit. Aber ich kann mich erinnern, dass du noch nie Stand-up-paddeln warst, und das *müssen* wir schleunigst ändern.«

Maries Herz machte einen Hüpfer, doch sie versuchte, sich nichts anmerken zu lassen. Dennoch freute sie sich, dass sie damit einen Plan für ihren Feierabend hatte. »Möchten Sie eine Aktivität buchen?«

Santiago schüttelte den Kopf. »Nein. Ich habe für alles vorgesorgt. Wann hast du Feierabend?«

Sie blickte nachdenklich auf die Uhr, wartete, dass der Stundenzeiger die Zwölf erreichte. Es war nun Punkt fünf Uhr. »Genau … jetzt.«

»Perfekt!« Santiago strahlte.

Fünfzehn Minuten später saßen sie in Santiagos altem

VW. Er hatte zwei Stand-up-Paddel-Boards und Paddel auf das Dach gezurrt.

Als er den Wagen startete, deutete er mit dem Daumen über die Schulter auf den Rücksitz. »Es ist für alles vorgesorgt.« Auf der Rückbank befanden sich eine Kühlbox, Handtücher und, soweit Marie erkennen konnte, eine Picknickdecke.

Mit einem Knattern und Husten des Auspuffs setzte sich der Wagen in Bewegung.

Obwohl es schon später Nachmittag war, stand die Sonne noch recht hoch am Himmel. Marie genoss den Fahrtwind, der ihr etwas Abkühlung bot und mit ihren Haaren spielte. Verträumt blickte sie aus dem Fenster, als sie die Stadt verließen und durch sanfte, mit Mandelbäumen bewachsene Hügel und Pinienwälder fuhren. Die Sonne glitzerte durch die Wipfel, und in der Luft lag der schwere Geruch des Waldes.

Santiago lenkte den Wagen in eine schmale Straße, in der sich ein Ferienhaus gut versteckt hinter Bäumen und Büschen befand. Er parkte am Ende der Straße. »Wir müssen jetzt leider etwas schleppen, aber es wird sich lohnen.«

Er übernahm die Boards und Paddel sowie die Decke, und Marie schnappte sich die Kühltasche. Sie verließen die Straße und folgten einem Trampelpfad. Zwischen den Bäumen hörte Marie bereits das Rauschen des Meeres.

Als sie aus dem Schatten der Bäume traten, tauchten ihre Füße in pudrigen Sand. Sofort erblickte sie das kristallklare Wasser der Bucht Cala Gat. Sie war schmal, umrahmt von Wald und Felsen. Am Ende befand sich ein weißes Haus, dessen Gartenmauern wirkten, als wären sie aus dem Fels gehauen.

Kinderlachen hallte in der Bucht wider. Es hatten sich

dennoch nicht viele andere Leute an den kleinen Strand verirrt.

Marie folgte Santiago, der die Picknickdecke nach wenigen Metern neben einem Fels auf den Sand warf. Er ließ die Bretter fallen, breitete mit Marie zusammen die Decke aus, und sie setzten sich.

Marie konnte den Blick nicht von dem Wasser abwenden, das so klar war und in kleinen Wellen an den Strand spülte. Vom Meer her wehte hin und wieder eine leichte Brise, die die Sandkörner über Maries Beine kitzeln ließ. »Es ist wunderschön hier«, bemerkte sie. »Und so friedlich.«

Die wenigen Besucher der Bucht lagen in gebührendem Abstand zueinander, sodass man schnell das Gefühl bekam, man wäre allein.

Santiago nickte. »Nach stressigen Arbeitstagen oder -wochen komme ich gern hierher. Ist wie Urlaub.« Er grinste.

Marie lehnte sich auf die Ellenbogen zurück, schob die Füße tiefer in den Sand und genoss die Wärme der Sonne auf ihrer Haut. »Das stimmt«, seufzte sie. Dann blinzelte sie zu Santiago hinüber. »Wie läuft es bei der Arbeit denn?«

Er hob die Schultern. »Es ist viel zu tun. Es wäre entspannter, wenn Rubio sich mehr einbringen würde, doch er überlässt mir inzwischen fast alles.«

»Hast du denn ein paar neue ernste Fälle?« Marie legte sich auf die Seite. Sie war neugierig. Würde Santiago aus dem Nähkästchen plaudern? Es könnte spannender sein als jeder *True-Crime*-Podcast.

Er rieb sich den Nacken. »Nichts Besonderes eigentlich. Momentan fahnden wir nach einigen Drogendealern, die vor allem in der Saison ihr Unwesen in den

Touristengegenden treiben. Außerdem sind da ein paar Vermisstenfälle.«

»Ermittelt ihr auch noch in der Sache mit Candela?«

Santiago öffnete die Kühlbox und zog zwei kleine Bierflaschen hervor, öffnete sie und gab eine davon Marie. »Nein. Wir haben leider keine weiteren Hinweise gefunden und nach wie vor keine Spur von ihrer Leiche. Der Fall ruht also gerade.«

Trotz der Hitze erfasste Marie ein Frösteln, als sie erneut realisierte, dass die Polizei davon ausging, dass Candela tot war. »Was meinst du, wird sie jemals gefunden werden?«

»Vielleicht. Ich weiß es nicht. Die Gezeiten und Strömungen sind zwar bis zu einem gewissen Punkt berechenbar, doch nach Wochen erscheint es eher unwahrscheinlich. Wasserleichen sind irgendwann nur noch schwer zu identifizieren, und wahrscheinlich haben sich Tiere an ihrem Fleisch bedient. Vielleicht wurde sie schon irgendwo angeschwemmt, aber man konnte ihre Identität nicht mehr feststellen.« Santiago hob traurig die Schultern.

»Armer Álvaro«, flüsterte Marie leise.

»Ja, das ist sicher nicht leicht. Soweit ich weiß, hat er bereits einen Anwalt kontaktiert. Mit seiner Hilfe will er wohl die Frist verkürzen, damit er Candela zeitnah für tot erklären lassen kann.«

Sie krauste verwundert die Stirn. »Kann er das denn schon?«

Santiago zuckte mit den Schultern und strich etwas Sand von seinem Ellenbogen. »Ich kenne mich nicht so damit aus, aber ich weiß, dass diese Frist verkürzt werden kann, wenn es stichhaltige Hinweise dafür gibt, dass einem Vermissten etwas passiert ist. Und die gibt es in Candelas Fall, wie wir wissen.«

Marie trank einen Schluck Bier und verfiel für einige Sekunden in Schweigen. »Er hat sehr schnell die Hoffnung aufgegeben, nicht? Also, ich will ihn deshalb nicht verurteilen, aber es kommt mir so vor.« Sie berichtete ihm, wie früh er die Boutique bereits zum Verkauf angeboten hatte.

»Ja, das habe ich gehört.« Santiago schirmte die Augen vor der Sonne ab, um Marie ansehen zu können. »Ich habe zu Anfang seine Finanzen eingesehen. Mit dem Verkauf will er wahrscheinlich seine Schulden tilgen.«

»Ja, das habe ich auch schon vermutet«, gab Marie zurück. Dass Christian viel mehr in diese Fakten hineininterpretierte, behielt sie lieber für sich. Santiago sollte nicht das Gefühl bekommen, dass Christian ihn für inkompetent hielt.

Santiago nickte.

Nachdenklich wischte Marie die Wasserperlen von der Flasche. Sie wollte nicht unsensibel sein und ein Urteil fällen, dass ihr nicht zustand. Álvaro. Vielleicht half es ihm ja, so früh wie möglich damit abzuschließen.

»Irgendwann realisieren die Angehörigen, dass es unwahrscheinlich ist, die Vermissten noch einmal lebend wiederzusehen. Die meisten wollen dann nur noch alles hinter sich lassen und ihre Toten beerdigen oder zumindest eine Zeremonie für sie abhalten.«

»Das kann ich gut verstehen«, sagte Marie. »Christian scheint ihn aber zu verdächtigen.«

Santiago runzelte die Stirn. »Wir haben nichts gegen Álvaro Soler in der Hand. Nichts, was uns Anlass dazu gäbe, Álvaro zu unterstellen, dass er etwas mit dem Verschwinden seiner Frau zu tun hat.«

Marie zuckte mit den Schultern. »Ich verstehe Christian auch nicht. Er klammert sich sehr fest an seine Theorie und interpretiert viel in das Verhalten von Álvaro und des Hundes hinein.«

»Was hat Chorizo damit zu tun?«

»Er ist neulich wieder ausgebüxt und in die Tropfsteinhöhlen gerannt, und Álvaro meinte, er sucht sein Frauchen überall.«

»Armes Tier.«

»Ja, Christian denkt, dass Álvaro etwas zu verbergen hat.«

Santiago schüttelte langsam den Kopf. »Ich finde, er verhält sich wie ein trauernder Ehemann. Aber genug davon«, sagte er. »Wie geht es mit deiner Bar voran?«

»Genug davon«, gab Marie zurück, die gerade keine Lust hatte, sich den Kopf über ihre Zukunft zu zerbrechen. Sie lachte. »Bring mir Stand-up-paddeln bei.« Sie trank einen Schluck und stellte die Flasche aufrecht in die Kühlbox.

»*Bueno vale!*« Santiago erhob sich, rieb sich den Sand von den Händen und half Marie auf die Beine. »Du wirst sehen, das macht Spaß.« Er zog sich sein T-Shirt über den Kopf, entblößte seinen durchtrainierten Körper.

Marie bemühte sich, ihn nicht anzustarren, während sie sich ebenfalls aus ihren Klamotten schälte. Den Bikini trug sie unter ihrer Kleidung. Mit Paddel und Board bewaffnet, warteten die beiden in das lauwarme Wasser.

Die Wellen schwappten nur leicht gegen ihre Körper. »Wir gehen nicht zu tief«, sagte Santiago und blieb an einer Stelle stehen, in der er noch mit dem Großteil seiner Oberschenkel aus dem Wasser ragte, während Marie bereits bis zur Hüfte im Meer stand.

Santiago, der sein Board an seinem Fußgelenk festgemacht hatte, damit es nicht abtrieb, hielt Maries Board fest und nickte. »Schwing dich drauf.«

Sie musste sich etwas aus dem Wasser stoßen, um auf

das Board zu kommen. Das erste Mal hatte sie zu viel Schwung und rutschte an der anderen Seite gleich wieder ins Wasser. Es schmeckte salzig auf ihrer Zunge, bot aber eine willkommene Abkühlung.

Santiago und sie lachten, ehe sie es noch einmal versuchte. Dieses Mal mit weniger Schwung. Es klappte, allerdings kniete sie nun, krallte sich an den Seiten fest, während sie Hilfe suchend zu Santiago blickte. Sie fühlte sich wie eine Katze, die sich an einem wackeligen Ast festzukrallen versuchte.

Santiago bemühte sich, das Board auszubalancieren. Die Muskeln seiner Arme spannten sich. »Gut«, meinte er. »Jetzt rutsch etwas in die Mitte und wende dich mit dem Gesicht dem Meer zu. Du musst nicht direkt aufstehen. Du kannst auch knien, wenn du willst.«

»Gute Idee.« Marie lachte und biss sich auf die Unterlippe, während sie die Balance suchte. Es dauerte etwas, bis sie ein Gefühl für das Board und dessen Schwanken auf den Wellen bekam.

Santiago reichte ihr das Paddel. Doch als Marie es entgegennahm, verlor sie erneut das Gleichgewicht und plumpste mit einem »Ups« vom Brett.

Das Wasser schwappte über sie, hüllte sie vollständig ein. Dennoch war es angenehm. Es war erfrischend, aber nicht kalt. Und während die Luftblasen über ihre Haut prickelten, prickelte in ihrem Inneren ein Gefühl, das sie immer häufiger verspürte, wenn Santiago in ihrer Nähe war.

Marie tauchte auf und lachte. »Okay, noch einmal von vorn.«

»Du machst dich gut.«

Sie sah ihn tadelnd an. »Jetzt machst du dich über mich lustig.«

Santiago schüttelte lachend den Kopf. »Nein, ich meine das ernst. Ich bin mir sicher, dass du es jetzt schaffst.« Er nickte und spannte die Arme an, um ihr zu deuten, dass er das Brett festhielt.

Marie stieß sich vom weichen Sandboden ab, schwang sich – dieses Mal leichtfüßiger – auf das Board, drückte sich hoch und positionierte sich auf den Knien in der Mitte.

Sie spürte die Wellen unter sich, hörte das Wasser, wie es an den Strand rollte, ließ ihren Muskeln einige Sekunden Zeit, um die Bewegungen des Boards auszugleichen. Dann hob sie langsam einen Arm.

Ohne Worte verstand Santiago und reichte ihr das Paddel an. »Bist du bereit?«, fragte er und lächelte breit.

Marie blickte ihm in die Augen. Ihr Herzschlag beschleunigte sich. »Ja.« Sie presste die Lippen aufeinander und bereitete sich darauf vor, ein weiteres Mal die Balance zu verlieren.

Langsam ließ Santiago das Board los und trat einen, dann zwei Schritte zur Seite. »Siehst du«, meinte er und hob die Arme in die Luft. »Du kannst es.«

Marie hatte es geschafft. Zwar kniete sie noch auf dem Board, aber sie hatte es so weit unter Kontrolle, dass sie nicht damit umkippte. Es fühlte sich gut an, auf dem Wasser zu treiben, das sie ab und an mit einer seichten Welle nach oben und wieder näher zum Strand trug.

»Dann los!« Santiago schwang sich leichtfüßig auf sein Board, stellte sich darauf und stach mit dem Paddel ins Wasser.

Bewundernd betrachtete Marie das Spiel seiner Muskeln. Er war durchtrainiert, auch wenn sie glaubte, dass es nicht vom Stand-up-Paddeln kam. Dennoch glänzte Santiago mit einer guten Körperbeherrschung. Selbstsicher fuhr er im Stehen voran.

Grinsend blickte er über die Schulter zurück. »Komm.«

Marie paddelte hinter ihm her. Sie glitten weiter auf das Meer hinaus, umrundeten Felsen, hinter denen sich eine weitere kleine Bucht verbarg. Auch hier war das Wasser noch ruhig. Der Wind rührte sich kaum, sodass die Sonne gnadenlos auf sie herabbrannte.

Marie genoss die Hitze, saugte alle Eindrücke in sich auf. Die leichte Brise, die über ihre Haut kitzelte, die Sonnenstrahlen, die wie Diamanten auf der glasklaren Wasseroberfläche funkelten. Unter ihr konnte sie gelegentlich eine Gruppe Fische entdecken, die auseinanderstoben, wenn sie mit dem Paddel ins Meer stach.

Irgendwann setzte Santiago sich auf sein Board, ließ sich treiben, wobei er sich in ihre Richtung drehte, und als sie an ihm vorbeipaddelte, zog er sie am Brett zu sich. »Und? Wie gefällt es dir?«

Marie lächelte. »Ich verstehe, warum du das hier brauchst, um den Kopf frei zu bekommen.« Sie atmete tief die frische Luft ein, lauschte dem Plätschern des Wassers und dem Wind, der über ihnen säuselte. »Es ist friedlich.«

Santiago nickte langsam. »Genau das wollte ich dir zeigen«, sagte er. »Du arbeitest ja auch viel.«

»Vielleicht sollten wir das regelmäßig machen.«

»Auf jeden Fall.« Kurz zögerte er. Ein Lächeln zuckte auf seinen Lippen, ehe er etwas verschämt auf das Paddel blickte, das er quer über sein Board gelegt hatte. »Ich verbringe gern Zeit mit dir.«

Marie spürte die Hitze, die in ihre Wangen schoss. Ihr Herz machte einen schnellen Satz, und sie räusperte sich. »Das ist schön zu hören.«

Das ist schön zu hören? Sie biss sich auf die Lippe.

War ihr wirklich nichts Besseres eingefallen? Sie war einfach zu aufgeregt!

Santiago hangelte sich an der Seite ihres Boards entlang und lehnte sich zu ihr herüber. Sein süßer Duft strömte in Maries Nase. »Ich muss dir etwas gestehen«, sagte er heiser.

»Was denn?«

»Du musst erst die Prüfung bestehen, bevor wir ein weiteres Mal paddeln können.«

Marie entfuhr ein Glucksen. »Was für eine Prüfung?«

Santiago schmunzelte, bemühte sich aber um einen ernsten Gesichtsausdruck. »Eine Art Duell.« Er stieß sich ab, stellte sich auf das Board und zeigte mit dem Paddel auf sie. »Ich fordere dich heraus zu einem Kampf.«

Marie warf lachend den Kopf in den Nacken. »Ich bin froh, dass ich gerade so mein Gleichgewicht halten kann, und jetzt soll ich mit dir um die Wette paddeln?«

»Traust du dich etwa nicht?«

Marie hob die Brauen. Sie liebte eine gute Herausforderung. »Na schön.« Langsam drückte sie sich in die Hocke. Zwar wackelte das Board gefährlich, doch Marie schaffte es, ihre Balance nicht zu verlieren, bis sie schließlich – relativ sicher – auf dem Board stand. »Ich nehme die Herausforderung an«, sagte sie theatralisch und hob das Paddel. Sie grinste breit, denn sie hatte bereits einen Plan, wie sie Santiago schlagen konnte, ohne dabei Gefahr zu laufen, ihr Gleichgewicht zu verlieren.

Er paddelte auf sie zu. Kurz bevor die Spitze seines Boards neben der ihres Brettes war, nahm sie das Paddel und drückte sein Board unter Wasser. Das genügte, um ihm erst ein überraschtes Grunzen zu entlocken und ihn dann taumeln zu sehen, ehe er mit einem kurzen Schrei im Wasser landete.

Marie lachte triumphierend auf. Dabei vergaß sie für

den Bruchteil einer Sekunde, wo sie war, hüpfte triumphierend auf und verlor ebenfalls die Balance.

Sie stürzte auch ins Wasser. Lachend tauchten beide voreinander auf. Marie spürte Santiagos Schwimmbewegungen.

Keiner von ihnen konnte das Grinsen unterdrücken. »Glückwunsch«, meinte er.

»Ich habe gehört, dass der Verlierer den Gewinner zum Essen ausführt.«

Santiago lachte. »Das sind aber ganz neue Regeln.«

Marie hob entschuldigend die Schulter. »Ich habe einen Riesenhunger.«

»Okay. Dann los.«

14.
Ein Date mit Unterbrechung

Als die Sonne langsam unterging und den Himmel in violett-orangefarbene Töne tauchte, saßen Santiago und Marie in einem Restaurant am Hafen von Cala Rajada. Die Schiffe und Boote wiegten sich im Hafenbecken, und Lichter glitzerten entlang der Promenade. Über ihnen breitete eine Palme ihre Blätter aus, und der Wind ließ sie leise rascheln.

Marie hatte sich Pasta mit Meeresfrüchten bestellt, die in einer cremigen Tomatensauce geschwenkt waren. Sie genoss den süßsauren Geschmack der Sauce, der sich mit dem Aroma der Tintenfische und Muscheln vermischte, während Santiago mit den Käsefäden auf seiner Pizza kämpfte.

»Also«, meinte er, während er sein Essen unter Knoblauch- und Chiliöl ertränkte. »Wie geht es mit deiner Bar voran?«

Marie seufzte. »Ich stecke in einem kleinen Dilemma.«

Santiago kämpfte mit den Käsesträngen, die sich einfach in die Länge zogen, egal, wie weit er die Pizza von sich entfernt hielt. Dabei nickte er. »Was für ein Dilemma?«

»Meine Traum-Location ist gerade frei geworden, aber ich habe noch nicht genug Geld angespart.«

Santiago verzog die Lippen. »Das ist nicht gut.«

»Valentin, Cassandras Freund oder was auch immer er ist, hat mir einen Privatkredit angeboten.«

»Das ist doch großartig.«

Marie lachte laut auf.

»Was?« Santiago legte den Kopf schief.

»Ach, nichts.« Sie drehte ihre Pasta auf den Löffel. »Ich hatte irgendwie von dir so eine vernünftige Polizistenreaktion erwartet wie von Christian.«

Santiago verschluckte sich an seiner Pizza. »Ich glaube, dass er und ich uns grundlegend unterscheiden.« Er musterte Marie, die gerade über Christians Worte nachdachte. Er legte das Pizzastück zurück und lehnte sich vor. »Was hat er denn gesagt?«

»Dass es immer gefährlich ist, sich privat Geld zu leihen, weil Geld oft Probleme verursacht, sogar unter Verwandten und Freunden.«

Santiago nickte langsam und nahm einen Schluck von seinem Bier. »*Sí*, da hat er recht. Aber das heißt ja nicht, dass jeder private Kredit in einem Drama enden muss.«

Marie lachte peinlich berührt. Sie war sich des prüfenden Blicks ihres Gegenübers bewusst. »Da hast du wohl recht. Vielleicht mache ich mir zu viele Gedanken.«

»Du solltest einfach auf dein Bauchgefühl hören.«

Marie biss sich auf die Unterlippe. Ihr Bauchgefühl. »Ich denke noch darüber nach.« Sie machte eine kurze Pause. »Apropos Christian. Er hat mich vorhin angerufen und kommt gleich vorbei. Er möchte uns unbedingt etwas zeigen.« Wirklich recht war ihr das natürlich nicht gewesen, aber Christian hatte am Telefon so aufgeregt geklungen.

Santiago schluckte, schlug kurz den Blick nieder. Dann öffnete er den Mund, um etwas zu entgegnen, als plötzlich eine bekannte Stimme ihr Gespräch unterbrach.

»Ich hoffe, ich komme nicht zu früh?«, fragte Christian.

Marie wirbelte herum, während Santiago aufsah. »Hallo, Christian.«

Santiago lächelte und nickte dem pensionierten Kommissar zu. »Was gibt es?«

Christian blieb stehen, hob die Hände in einer entschuldigenden Geste. »Ich möchte euch nicht beim Essen stören. Doch wenn ihr aufgegessen habt, muss ich euch etwas zeigen.«

15.
Die Observation

Fünfzehn Minuten saßen die drei in Santiagos Wagen, den er im fahlen Licht zweier Straßenlaternen vor dem Wohnhaus geparkt hatte, in dem Álvaro wohnte.

»Was machen wir hier genau?« Marie sah fragend zu Christian, der auf der Rückbank saß.

Santiago schien unterdessen alles andere als glücklich zu sein, dass der deutsche Kollege im Ruhestand ihre Verabredung gestört hatte.

Christian wirkte aufgekratzt, beinahe euphorisch. So kannte Marie ihn gar nicht. »Ich habe ein bisschen recherchiert.«

»Was genau meinst du?«, hakte sie nach.

Er leckte sich die Lippen. »Ich habe Álvaro mal ein wenig durchleuchtet.«

»Durchleuchtet?« Santiago, der sich wieder umgedreht hatte, blickte misstrauisch in den Rückspiegel.

Christian ignorierte ihn. »Er hat sich doch so merkwürdig verhalten.«

»Ich finde nicht«, wandte Marie vorsichtig ein und

blickte zu Santiago, der nur die Schultern hob und den Kopf schüttelte. Maries Magen verknotete sich. Das Letzte, was sie wollte, war, zwischen den Stühlen zu sitzen. Sie vertrat Santiagos Meinung, verstand aber Christians Beweggründe und wollte ihn nicht zurückstoßen.

»Und der Hund ebenfalls. Er verhält sich auffälliger als ein Flamingo im Hühnerstall.«

»Christian ...«, begann Marie beschwichtigend.

»Hör mir zu. In der Höhle lag Müll. Die gleichen leeren Müsliriegelverpackungen habe ich in Álvaros Hausmüll gefunden.«

»Du hast seinen Hausmüll durchsucht?«, platzte Marie überrascht heraus.

»Ja.« Christians stoische Miene zeigte ihr, dass er sich keiner Schuld bewusst war. Im Gegenteil. Er schien diese Aktion für völlig normal zu halten.

»Ich verstehe nicht ganz, worauf Sie hinauswollen«, gab Santiago zu.

Christian hob einen Finger. »Ich glaube, dass Álvaro schon vorher mal in dieser Höhle war, und zwar, kurz nachdem Candela verschwunden ist.«

»Aber den Müll hätte jeder dort liegen lassen können.«

»Jaja, das ist schon korrekt. Ich habe mich etwas schlaugemacht. Die Stadtverwaltung lässt die Höhlen regelmäßig reinigen, zuletzt am Tag, bevor Candela verschwunden ist. Meistens haben sie bei den Reinigungsaktionen Probleme mit liegen gelassenen Flaschen, hat man mir gesagt, weil ab und an Jugendliche sich dort zum Feiern treffen. Allgemein halten sich dort aber sehr selten Menschen auf.«

»Okay«, meinte Marie und bekam schon beinahe Kopfschmerzen vom Nachdenken. Worauf wollte Christian hinaus?

Dieser war kaum noch zu bremsen. »Vielleicht hat Álvaro sich dort länger aufgehalten und einige Snacks mitgebracht. Fakt ist, dass es auch den Hund in die Höhlen gezogen hat, oder nicht? Warum?, frage ich euch. Sein Frauchen ist doch in den Bergen verloren gegangen, nicht in den Tunneln.«

Marie schwieg einige Sekunden, während ihr Gehirn das Puzzle zusammenzusetzen versuchte, das Christian gerade mit seinen kryptischen Bemerkungen auslegte. »Ich verstehe dich nicht. Álvaro hat ein Alibi.«

»Vielleicht hat er jemanden beauftragt.«

Marie wandte sich in ihrem Sitz um, damit sie Christian einen ungläubigen Blick zuwerfen konnte. War er nun vollkommen durchgedreht? »Warum sollte er das tun?«

»Geld.« Christian lehnte sich nun vor und sah die beiden abwechselnd an. Dabei funkelten seine Augen, wie sie es immer taten, wenn der Ermittler in ihm die Regie übernahm. »Ich habe in seinem Hausmüll nicht nur Verpackungsreste dieser Müsliriegel gefunden, sondern auch einen Briefumschlag von einer Versicherung, die sich auf Lebensversicherungen spezialisiert hat! Ich denke, die beiden hatten eine Lebensversicherung abgeschlossen, von der Álvaro jetzt profitiert.«

Marie sah Santiago aus den Augenwinkeln an.

»Sí«, sagte dieser. »Das ist richtig. Und ich kann verstehen, dass Álvaros Vorgehen Fragen aufwirft, aber wir haben ihn überprüft, wir haben ihn verhört. Er hat ein Alibi, und in meinen Augen hat er aber auch kein Motiv. Sí, die beiden hatten Geldprobleme, aber genau deswegen verkauft er ja auch die Boutique. Abgesehen von all diesen Erkenntnissen: Candela gilt noch als vermisst. Wir haben keine Hinweise, die darauf hindeuten, dass sie gestoßen oder schon vor ihrem Sturz angegriffen wurde. Bis nicht eventuell irgendwann eine Leiche auftaucht, die Gegenteiliges beweist, bleibt das ein Wanderunfall.«

Christian schob sich aufgeregt durch die Lücke der beiden Vordersitze und hob einen Finger. »Und genau das ist der springende Punkt. Es gibt keine Leiche.« Er schaute von Santiago zu Marie. »Vielleicht war Álvaro auch nur derjenige, der nach Candelas Verschwinden die Spuren beseitigt hat. Oder vielleicht ist Candelas Leiche auch schon längst irgendwo angespült worden, und er hat sie in dieser Höhle so lange versteckt, bis etwas Gras über die Sache gewachsen war und er sie anderweitig entsorgen konnte.«

»Und hat zunächst den Schuh vergessen?« Marie legte zweifelnd die Stirn in Falten. »Warum sollte er so einen riesigen Aufwand betreiben, um ihre Leiche verschwinden zu lassen, wenn das Meer sowieso alle brauchbaren Spuren zerstört hat? Das hätte er doch voraussehen können.«

»Es gibt Lebensversicherungen, die die Auszahlung sehr lange hinauszögern, wenn es sich um einen Mord handelt. Besagtes Unternehmen gehört auch dazu, nach allem, was ich erfahren habe. Da wäre es nur in Álvaros Interesse, dass man Candelas Leiche nicht findet.«

Santiago ließ die Luft, die er offenbar angehalten hatte, geräuschvoll entweichen. »Das sind ziemlich konkrete Anschuldigungen für ein bisschen Müll und einen leeren Briefumschlag.«

»Und ich besitze einiges an Berufserfahrung im Vergleich zu einem Grünschnabel wie Ihnen.«

Marie hob die Hände. »Okay, okay. Bevor das hier in einem Größenvergleich endet: Warum genau sind wir also hier?«

»Wir observieren Álvaro und finden heraus, was er

mit dem Verschwinden seiner Frau zu tun hat«, erklärte Christian.

»Wieso gerade jetzt?«

»Vielleicht haben wir Glück und erwischen ihn bei etwas. Wir sollten ihn regelmäßig beschatten. Abwechselnd.«

Santiago schüttelte den Kopf. »Mit Verlaub: Das ist Unsinn.«

Marie, die weder Christian noch Álvaro vor den Kopf stoßen wollte, wählte den diplomatischen Weg. »Vielleicht finden wir ja etwas heraus. Vielleicht findet Christian aber auch nur heraus, dass er sich irrt.« Sie sah Santiago eindringlich an. Sie hoffte, dass Christian falschlag. Doch es machte sie nervös, ihn so aufgekratzt zu erleben. Er wirkte geradezu wie elektrisiert. Sie konnte nur ahnen, was die Möglichkeit, diesen Fall zu lösen, mit ihm machte. Dem Polizisten, der in seiner Heimat Bremen in die Schlagzeilen geraten war, weil er einen wichtigen Fall nicht hatte lösen können, und der deshalb Deutschland den Rücken gekehrt hatte.

Santiago seufzte. »Na schön.«

Mit einer zufriedenen Miene lehnte Christian sich zurück. »Ich bin mir sicher, dass Álvaro Soler Dreck am Stecken hat.«

Sie starrten zu dem Haus, in dem sich ganz oben die Wohnung der Solers befand. Inzwischen war die Nacht aufgezogen, und hinter zwei großen Fenstern im Obergeschoss wurde gerade das Licht gelöscht.

»Er geht schlafen«, sagte Santiago und gähnte. »Auch wenn er Dreck am Stecken hätte, heißt es nicht, dass wir ihn ausgerechnet heute überführen.« Er wollte gerade den Schlüssel im Zündschloss umdrehen, da legte Christian ihm eine Hand auf die Schulter.

»Sie haben wohl nie eine Observation mitgemacht,

was? Zu so etwas gehört auch immer eine Portion Glück.«

Santiagos Lippen pressten sich zu einer schmalen Linie zusammen. »Heißt das, Sie wollen jetzt Nacht für Nacht hier sitzen?«

Marie schüttelte kaum merklich den Kopf. »Christian, wenn er schlafen geht, werden wir wohl kaum etwas herausfinden.«

»Wir bleiben noch etwas«, bestand er. »Ich habe Kaffee mitgebracht.«

Er griff in seine Popeline-Jacke und hob eine Thermoskanne aus der Innentasche hervor.

Marie und Santiago ließen sich in den Sitz sinken.

»Na schön«, gab Santiago nach. »Wir bleiben, aber nur, damit Sie sehen, dass es keinen Grund gibt, Señor Soler zu observieren.«

Stundenlang passierte nichts. Marie und Santiago unterhielten sich weiter, als säßen sie noch immer im Restaurant. Santiago erzählte, wie er zur Polizei gekommen war. Dass er schon als kleiner Junge davon geträumt hatte, Verbrecher zu jagen und zu stellen. Er schilderte auch, wie er seine Kindheit zwischen Bergen und Meer verbracht hatte. Marie hörte gespannt zu.

Zwischendurch beteiligte Christian sich an der Unterhaltung, blieb aber dabei konzentriert und starrte in die Dunkelheit, bis er sich plötzlich ruckartig aufsetzte. »Shh!«, machte er und ließ die beiden verstummen.

Christian öffnete die Tür und schlich sich aus dem Auto.

Santiago und Marie tauschten verwirrte Blicke, blieben jedoch sitzen, bis Christian an Maries Seitenfenster auftauchte und hektisch klopfte. Sie kurbelte es ein Stück runter.

»Álvaro hat eben mit dem weißen Giftzwerg die

Wohnung verlassen. Kommt, er hat genug Vorsprung«, drängte er.

Das hatten sie gar nicht mitbekommen!

Er verschwand in der Dunkelheit hinter einem Müllcontainer an der Straße. Etwa hundert Meter vor ihnen überquerte Álvaro mit Chorizo die Straße. Es war drei Uhr morgens, wie die Uhr am Armaturenbrett Marie verriet.

Ihre Knochen schmerzten. Sie öffnete die Tür, als Santiago sie kurz an Arm zurückhielt.

»Was wirft dieser Mann ein?«

Marie gluckste. »Der würde nicht einmal eine Valium nehmen, auch wenn er sie bitter nötig hätte.« Sie seufzte kurz. »Er ist ein bisschen wie ein Bluthund. Wenn er einmal eine Fährte aufgenommen hat, lässt er nicht mehr locker. Ich weiß, es nervt, aber wir spielen sein Spiel am besten einfach mit, und dann wird er schon merken, dass es nirgendwohin führt.«

Santiago verdrehte genervt die Augen und stieg mit einem missmutigen Stöhnen aus dem Wagen.

Marie drückte leise die Tür ins Schloss und huschte zu Christian hinter den Müllcontainer.

»Siehst du?«, meinte er. »Es lohnt sich immer, die Stellung zu halten.«

Ohne abzuwarten, was Marie oder Santiago dazu zu sagen hatten, schlich er hinter dem Container hervor, um langsam und in einem sicheren Abstand die Verfolgung aufzunehmen. Widerwillig hängten sie sich an seine Fersen.

Sie folgten Álvaro bis zur Promenade hinunter. Er trug eine kleine Tüte bei sich, in der er etwas mitführte. Er drehte sich immer wieder um, meistens zum Glück in die falsche Richtung. Sein Blick wanderte in dunkle Gassen oder auf die andere Straßenseite. Dennoch duckten sich die drei immer wieder. Sie hatten zwar viel Abstand zwischen sich und Álvaro, mussten jedoch trotzdem höllisch aufpassen, da sie weit und breit die einzigen Menschen waren, die zu dieser unchristlichen Zeit auf der Straße unterwegs waren. Zu viel Abstand durften sie aber auch nicht halten, sonst würden sie Álvaro in der Dunkelheit verlieren.

Maries Herz klopfte vor Aufregung, und ihre Haut prickelte.

Doch Álvaro setzte immer wieder seinen Weg fort, während Chorizo an der Leine vor ihm hertrippelte.

»Ich frage mich, wo er hingeht«, murmelte Christian mehr zu sich selbst als zu ihnen.

Irgendwann stieg Álvaro über die kleine Mauer, die die Promenade von den Felsen trennte, und verschwand in der Dunkelheit.

»Kommt, schnell«, meinte Christian und schlich kurze Zeit später hinterher.

»Warten Sie«, zischte Santiago. Doch der Ältere hörte nicht und verschwand ebenfalls in der Dunkelheit.

»Vielleicht hat er ja recht. Möglicherweise sind da Beweismittel in der Tüte«, sagte Marie. »Vielleicht will Álvaro sie entsorgen.« Sie schüttelte leicht den Kopf über sich selbst. Hatte Christians merkwürdiges Verhalten sie bereits angesteckt? Aber vielleicht war sein Ansinnen gar nicht so abwegig, wie sie angenommen hatte.

Sie folgten Christian in die Dunkelheit. Das fahle Licht der Laternen reichte nicht über die Mauer der Promenade hinaus. Inzwischen raste Maries Puls regelrecht. Es war schwer, auf dem unebenen Fels Halt zu finden, ohne richtig sehen zu können. Das silbrige Mondlicht, das zwischen den Wolken hervorkroch, spiegelte sich einige Hundert Meter entfernt auf der Wasseroberfläche. Der blasse Fels reflektierte leicht das Licht, sodass Marie zumindest erahnen konnte, wo dieser endete. Sie hörte das Rauschen des Meeres und wie die Wellen gegen den Stein brandeten.

Die drei drückten sich unter einem Vorsprung entlang, schlichen lautlos näher an ihre »Zielperson« heran, wie Christian es ausgedrückt hatte, bis sie aus sicherer Entfernung beobachteten, wie Álvaro ungeduldig wippend dastand, während Chorizo sich mehrmals um sich selbst drehte.

Ein Furzgeräusch ertönte, gefolgt von einem Plätschern, als Chorizo seinen offenbar viel zu dünnen Darminhalt auf den Felsen entleerte.

»*Finalmente*«, konnte Marie Álvaro erleichtert sagen hören.

Sie sah zu Christian, dessen Miene Bände sprach. Sie klopfte ihm auf die Schulter. »Ich glaube, Álvaro ist einfach nur ein unglücklicher Hundebesitzer, der morgens um drei rausmuss, weil sein Hund Durchfall hat.«

Christian brummte. »Bei Observationen braucht man nun mal einen langen Atem«, murmelte er. »Die sind nicht immer sofort von Erfolg gekrönt. Aber wir müssen da dranbleiben. Ich spüre das.« Als Christian in Maries und Santiagos entsetzte Gesichter blickte, fügte er hinzu: »*Ich* bleibe da dran.«

16.
Sechs Augen sehen mehr als zwei

Das Aufstehen am nächsten Morgen fiel Marie besonders schwer. Ächzend quälte sie sich aus dem Bett. Gleich hatte sie einen Termin mit der Maklerin sowie Valentin und Cassandra.

Nach einer eiligen Dusche fühlte Marie sich etwas erfrischter. Sie kämmte sich das nasse Haar zurück, zog ein Kleid an und verließ dann das Haus.

Vor dem *La Vista* warteten bereits Valentin und Cassandra auf sie.

»Guten Morgen«, sagte Marie und nahm dankend den Coffee to go entgegen, den die beiden mitgebracht hatten. »Danke, dass ihr mich dabei unterstützt, auch wenn ich mir noch nicht sicher bin, ob jetzt schon der richtige Zeitpunkt ist, meinen Traum zu verwirklichen.«

Cassandra winkte ab. »Das machen wir doch gerne«, versicherte sie. Dann blickte sie über Maries Schulter. »Ist das die Maklerin?«

Marie wandte sich um. Sie kannte Bianca Toledo nur von dem Foto auf ihrer Website, das offenbar schon einige Jahre alt war. Bianca hatte einen ausgeprägten Kiefer, der ihr Lächeln sehr breit wirken ließ. Schon von Weitem hob sie die Hand und winkte ihnen zu. Sie trug einen weißen Leinenanzug und Riemchensandalen in derselben Farbe. Die dunkelrot gefärbten Haare passten vom Ton her perfekt zu ihren manikürten Nägeln und Zehen, wie Marie kurz darauf aus der Nähe auffiel.

»*Buenos días*«, sagte Bianca und zog dabei das letzte Wort in die Länge. Sie ergriff Maries Hand, die zwei Schritte auf sie zugetreten war. »Sie müssen Marie sein, *verdad?*«

»Sí, *buenos días*«, grüßte Marie und schenkte ihr ebenfalls ein Lächeln. »Das sind Valentin von Trauenstein und seine Freundin Cassandra.«

»Ah, *sí, mucho gusto.*« Sie drückte beiden ebenfalls die Hand. »Sie drei wollen also zusammen ein Café eröffnen?«

»Nein, nur ich. Sie sind zur Unterstützung mitgekommen.«

»*Vale, sí,* sechs Augen sehen mehr als zwei, nicht wahr?« Bianca Toledo lachte so laut, dass es beinahe von den Mauern der umliegenden Häuser widerhallte. Sie besaß eine einnehmende Ausstrahlung, die ihr jede Aufmerksamkeit garantierte – sicher auch in einem Raum voller Menschen. »Dann wollen wir mal sehen, ob wir den richtigen Schlüssel dabeihaben.« Sie zwinkerte Marie über die Schulter zu und nestelte an einem Schlüsselbund. Dabei betete sie die Eckdaten der Immobilie herunter:

»Das Café wurde 1992 gebaut und vor zwei Jahren von den Vorgängern aufwendig saniert. Es ist also in einem Top-top-*top*-Zustand. Kommen Sie bitte.« Mit ausgebreiteten Armen drängte sie sie ins Innere. Sie betätigte die Schalter, sodass warmes Licht aufflammte. Alles war leer geräumt. Nur die Lampen hatten Carla und Carlos zurückgelassen.

Es war ein merkwürdiges Gefühl, in dieser Leere zu stehen, mit ihrem Traum, der noch so jung und glühend war, dass Marie oft das Bedürfnis hatte, ihn zu schützen, als wäre er zerbrechlich, während sie gleichzeitig hier hautnah mit den zerbrochenen Träumen und Hoffnungen der Herreras konfrontiert wurde. Carla und Carlos hatten das Café mit Leidenschaft geführt, so hatte Marie es von den Dorfbewohnern gehört, und auch sie selbst hatte es noch manches Mal gespürt, wenn sie hier eingekehrt war.

Im Ort hieß es, dass Carlos nach Barcelona gezogen war und Carla ein neues Leben in Palma begonnen hatte. Marie hoffte, dass die beiden wieder glücklich werden würden, jeder für sich.

Bianca Toledos Stimme holte sie zurück ins Hier und Jetzt. »Es gibt einen großzügigen Raum und eine Bar, die Sie sofort benutzen können. Die Toiletten befinden sich die Treppen hinunter.«

Sie führte sie nach links, wo sich hinter einer Tür ein Treppenaufgang befand. Unten angekommen, geleitete sie Marie, Valentin und Cassandra zu den Toiletten, die sich in einem gepflegten Zustand befanden.

Diese Räumlichkeiten waren Marie von ihren früheren Besuchen im Café der Herreras bereits bekannt. Was nun folgte, kannte sie allerdings noch nicht: die Privaträume und die Küche hinter der Bar.

Maries Herz schlug höher. Alles war bereit und in einem guten Zustand, sodass sie sich nur um die Inneneinrichtung würde kümmern müssen.

»Das Highlight ist – *naturalmente – la vista.* Die Aussicht.« Bianca schob mit großer Geste die Terrassentüren auf.

Maries Herz klopfte zum Zerspringen, als sie auf das Meer hinausblickte, das am Fuße des Berges gegenüber in allen Blautönen schimmerte. Einmal mehr war Marie überwältigt. »Es ist wunderschön«, sagte sie.

»Es wäre so schön, wenn das hier deine Bar wäre«, bemerkte Cassandra.

»Sí«, versicherte Bianca, die sich über den Enthusiasmus freute. »Es ist die perfekte Location für eine Bar.«

»Es ist perfekt.« Marie trat an den Rand der Terrasse. Verträumt ließ sie den Blick über das Meer unter sich wandern. Es schäumte über die Felsen. Unter ihnen kreischten die Möwen, die sich auf den Wellen treiben ließen. Dem *La Vista* gegenüber befand sich der Berg, und rechter Hand war da nur noch die Weite des Meeres.

Marie konnte nicht anders, als sich die Abende und Nächte vorzustellen. Wie Gäste hier saßen, ihren Urlaub genossen und den Sonnenuntergang bewunderten. Dieser Ort würde durch Lachen und Musik erfüllt sein. Jeden Tag. Und sie selbst würde Cocktails mixen, sich mit ihren Stammgästen unterhalten und sich ebenfalls an der atemberaubenden Aussicht erfreuen. Jeden einzelnen Tag. Natürlich würde es auch hin und wieder stressig werden. Aber ihre eigene Bar ... Das war es, was sie schon so lange wollte. Frei sein. Unabhängig.

Marie schluckte. »Ich liebe es.«

»Natürlich lieben Sie es.« Bianca Toledo lachte.

Dann sah Marie Hilfe suchend zu Valentin, der die Hände in den Taschen seiner beigen Leinenhose vergraben hatte. Hinter seiner Sonnenbrille konnte sie seinen Blick nicht sehen. Ein Lächeln erschien auf seinen Lippen. Er verstand. »Was ist denn am Preis noch zu machen?«

»Der Preis ist *exclusivo.* Er ist wirklich sehr gut.«

Zwar behielt auch Bianca ihr Lächeln bei, doch trotzdem nahm ihr Gesicht ernstere Züge an. »Sie haben hier alles, was Ihr Herz begehrt. Es ist alles sauber und sofort zur Nutzung bereit. Bei diesem bezaubernden Ausblick können Sie sich denken: Das Objekt ist sehr beliebt.«

Valentin lächelte breiter. »Absolut, absolut. Aber mir sind in den Toiletten einige Mängel aufgefallen. Eine Klospülung hat sich nicht richtig betätigen lassen, und auf der Damentoilette sind die Kabinen veraltet und mit Filzstift beschmiert. Die Elektrik wirkt trotz der Sanierung veraltet. Das müsste sich natürlich noch einmal jemand vom Fach ansehen. Auch, was die Bausubstanz angeht.«

Was er da aufgezählt hatte, war Marie in ihrer Begeisterung gar nicht aufgefallen. Sie schluckte. Das hätte sie bemerken *müssen!*

»*Bueno,* da haben Sie recht. Trotzdem sind das Kleinigkeiten, die schnell behoben werden können. Abgesehen von der Elektrik. Das ist natürlich … ein wenig aufwendiger.« Sie lachte kurz entschuldigend auf.

»Gab es hier denn größere Schäden?«, fragte Marie. »In der Vergangenheit?«

Bianca seufzte. »*Sí,* einen Wasserschaden, der von dem Restaurant neben diesem Objekt verursacht worden ist.«

»Ist der schon behoben worden?«

»Noch nicht, nein.«

»Sie haben sicher nichts dagegen, wenn wir einen Handwerker zu einer neuen Besichtigung mitnehmen, oder?« Valentin schob sich die Sonnenbrille auf den Kopf.

Biancas Finger krallten sich um das Klemmbrett. »Natürlich nicht.« Ihr Lächeln wurde breiter, und sie blinzelte.

»Wir möchten uns kurz auf der Terrasse besprechen, wäre das in Ordnung?«, bat Marie.

»*Sí, claro.* Falls Sie noch Fragen haben: Ich bin da.« Sie trat durch die Terrassentür und schloss sie hinter sich.

»Ich habe zwei gute Nachrichten für dich, Marie«, sagte Valentin und wedelte mit einer dünnen Mappe vor ihrem Gesicht herum. »Ich bin mir sicher, wir können den Preis etwas drücken.«

Marie atmete auf. »Und die zweite gute Nachricht?«

Cassandra wackelte mit den Brauen. »Du wirst begeistert sein.«

»Ich habe noch einmal mit meinem Vater gesprochen. Er kennt sich etwas besser mit diesen Dingen aus als ich.« Valentin grinste und breitete die Arme aus. »Anstatt dir einen Kredit zu geben, steige ich als Investor mit ein. Dafür werde ich an den Gewinnen beteiligt sein.«

Nur langsam sickerten Valentins Worte in ihr Hirn. Marie starrte ihn an, während Valentin und Cassandra sich gegenseitig anlachten.

Als Valentin bemerkte, dass die Begeisterung nicht übersprang, räusperte er sich. »Nur wenn du das willst, natürlich. Ich habe mir gedacht, dass das ein toller Weg ist, der nicht voraussetzt, dass du regelmäßig etwas abbezahlst. Wir profitieren beide davon. Denn ich glaube, deine Bar wird super laufen.« Er reichte ihr die Mappe. »Hier ist mein Angebot. Du kannst es dir in Ruhe ansehen.«

»Danke«, stammelte Marie und fühlte sich schuldig, die anfängliche Euphorie der beiden gedämpft zu haben. Wobei sie wusste, dass sie sich nichts vorzuwerfen hatte. »Ich werde es mir durchlesen und durch den Kopf gehen lassen.«

»Wunderbar«, meinte Valentin, streckte beide Daumen in die Höhe.

»Sollen wir dann?«, fragte Cassandra. »Unsere Schicht im Hotel beginnt gleich.«

Nach einem Blick auf die Uhr nickte Marie. Sie sagte Bianca Toledo, dass sie es sich überlegen und sich bei ihr melden würde.

Marie wusste nicht genau, warum, aber Valentins Angebot hatte ihrer Laune einen gehörigen Dämpfer versetzt. Obwohl dies ein strahlender Sommertag war, der die Touristen in Scharen an den Strand trieb, fühlte er sich für Marie mit einem Mal wie ein Tag mit Regenwetter an.

17.
Ein leerer Sarg

Am Donnerstag eine Woche später hatte Marie sich freigenommen. Sie war von Álvaro zur Beerdigung seiner Frau eingeladen worden. Candela war noch nicht offiziell für tot erklärt worden.

Im Dorf wurde viel getuschelt, und man erzählte sich, dass die Frist noch nicht verstrichen war. Darüber, wie lange es dauern würde, gab es unterschiedliche Aussagen. Die einen waren sich sicher, dass Candela schnell für tot erklärt werden konnte, da es viele Hinweise darauf gab, dass sie umgekommen war. Andere meinten, dass vielleicht noch ein Jahr oder mehr verstreichen würde.

Nichtsdestotrotz hatte Álvaro nun Marie und weitere Dorfbewohner, Familie und Freunde eingeladen, um sich bei einer inoffiziellen symbolischen Beerdigung von Candela zu verabschieden. Marie konnte nur zu gut verstehen, dass er einen Abschluss brauchte, einen klaren Schnitt, um weitermachen zu können. Armer Álvaro!

Marie musste sich eingestehen, dass es ihr schwerfiel, sich vorzustellen, dass Candelas Sarg leer sein würde.

Die Zeremonie sollte weiter außerhalb von Caví stattfinden.

Marie betrat ein idyllisches Fleckchen Erde hinter den Bergen. Es befand sich auf einer Anhöhe. Dahinter fielen die Klippen steil ab und mündeten im Meer, dessen Rauschen und Schäumen die Stille erfüllte.

Der Untergrund war eine Mischung aus Felsen und Erde. Überall wuchsen Gräser und Wildblumen, auch Ginster, der während der Blütezeit mit leuchtend gelber Farbe aufwartete und mit der Sonne um die Wette strahlte.

Mit Marie trudelten mehr und mehr Gäste ein. Álvaro war bereits da, saß mit – Marie vermutete, es waren Angehörige – in der ersten Reihe der aufgestellten Stühle. Vor ihnen aufgebahrt stand ein Sarg, daneben ein großes Foto von Candela. Es zeigte sie mit Chorizo im Arm. Sie strahlte in die Kamera, ihre braunen Augen leuchteten, und an ihren Ohren und ihrem Hals glänzte der üppige Goldschmuck, den sie so gern getragen hatte.

Um dem Sarg herum fanden sich Blumengestecke. Rosen, Lilien, Schleierkraut und Eukalyptus erstrahlten in Rosa, Gelb, Grün und Weiß.

Marie spürte die Liebe, die in die Wahl der Location und der Gestecke geflossen war. Sie fand, dass diese farbenfrohe Szene vor dem Horizont und dem Meer, das in die Endlosigkeit führte, gegen die dunkle Stimmung wirkte und sie beinahe auflöste.

Sie lief den kleinen Gang entlang, den die angeordneten Stühle bildeten. Alba hatte in der zweiten Reihe Platz genommen. Tränen liefen ihre Wangen hinab. Ihre Freundin so zu sehen brach Maries Herz. Sie war auch eine der engsten Freundinnen von Candela gewesen.

Marie ging zu ihr und schlang einen Arm um ihre Schulter. Alba schluchzte leise, putzte sich dann die Nase. Dann lachte sie.

Verwundert blickte Marie sie an.

Die ältere Frau lächelte. »Candela würde nicht wollen, dass ich weine«, sagte sie und schniefte tapfer.

Marie lächelte sanft. »Es ist bestimmt in Ordnung für sie. Du hast sie sehr gemocht, und das weiß sie.«

»Ja.« Alba senkte den Blick. »Ja, das habe ich.« So kannte Marie die sonst toughe und fröhliche Alba gar nicht, die immer zu Scherzen aufgelegt war. Nun war es wichtig, dass sie ihr beistand.

Marie blickte sich um. Mehr und mehr Trauergäste fanden sich auf ihren Plätzen ein. Darunter waren auch Marcos García, Ander, der freundliche ältere Herr von der Post, Carla und Carlos Herrera, die das *La Vista* bis vor Kurzem noch geführt hatten, und viele andere, die Marie das ein oder andere Mal gesehen hatte.

Als sie über die Schulter schaute, erhaschte sie aber auch den Blick auf ein Gesicht, das ihr sehr vertraut erschien. Sie runzelte die Stirn. Er hatte Candela nicht so gut gekannt, dass er auf ihre Beerdigung eingeladen worden wäre, oder?

Christian drückte sich einige Meter abseits neben einem toten Baum herum, dessen knorrige Äste im Wind zitterten.

Marie entschuldigte sich kurz bei Alba, dann lief sie auf Christian zu. Er stand da, in einem schwarzen Anzug, die Hände in den Hosentaschen vergraben.

»Was machst du hier?« Sie konnte den tadelnden Ton in ihrer Stimme nicht ganz abstellen.

Wie so oft blieb Christians Miene ungerührt. »Ich wollte Candela die letzte Ehre erweisen.«

Marie hob ungläubig eine Braue.

Er seufzte. »Na schön, ich beobachte einige der Anwesenden hier. Manchmal sucht der Täter die Beerdigung auf und verrät sich selbst.«

»Christian, es war ein Unfall. Candela ist den Berg hinuntergestürzt und wahrscheinlich unglücklich im Meer gelandet. Nicht hinter jeder Tragödie liegt ein Verbrechen.«

»Das weiß ich«, gab er zurück. »Aber dieser Fall hier …« Er schüttelte den Kopf. »Etwas passt nicht.«

Marie seufzte und fuhr sich durch ihr langes blondes Haar. »Du musst das loslassen. Lass Candela in Frieden ruhen.« Dann lächelte sie traurig. »Lass die Fälle aus deiner Vergangenheit ruhen.« Sie drückte sanft seinen Oberarm und schenkte ihm ein mitfühlendes Lächeln. Sie verstand ihn ja, aber er musste Álvaro in Ruhe lassen.

Einige Sekunden sahen sie sich noch schweigend an, während nur das Rauschen des Meeres und das Kreischen der Möwen die Stille zwischen ihnen füllten.

»Jeder Fall ist wie ein Puzzle«, begann Christian und blickte in die Ferne. Das dunkle Blau des Meeres spiegelte sich sacht in dem hellen Blau seiner Augen. »Auch die Puzzles, die ich nie fertig zusammensetzen konnte, haben dennoch einen Sinn ergeben, wenn man das lückenhafte Bild angeschaut hat. Aber die Fälle, die mich heute noch verfolgen, sind die Puzzles, die keinen Sinn ergeben, egal, wie oft man die Teile dreht und wendet. Da passen die Puzzleteile nicht zusammen – und das treibt einen in den Wahnsinn.«

Er nickte in Richtung Trauerfeier. Der Priester, ein Mann in einem langen weiß-schwarzen Ornat, hatte sich bereits vor die Gäste gestellt. »Und Candelas Verschwinden ist so ein Puzzle. Ein Teil oder mehrere passen nicht.«

Lange schaute Marie Christian an. Sie war hin- und hergerissen. Einerseits vertraute sie seinem Urteil. Andererseits glaubte sie, dass Candelas Verschwinden in ihm etwas ausgelöst hatte, was er jetzt nicht mehr loslassen konnte. So oder so war es offenbar sinnlos, es ihm ausreden zu wollen, also versuchte Marie es gar nicht erst.

Sie strich lediglich sanft über seinen Oberarm und gesellte sich zurück zwischen die Trauergäste.

Álvaro hatte wirklich eine wundervolle Trauerfeier auf die Beine gestellt, um seine Frau zu ehren. Die engsten Verwandten und Freunde hatten die Gelegenheit, einen Gegenstand, den sie mit Candela in Verbindung brachten, in den Sarg zu legen, ehe dieser am Ende der Zeremonie geschlossen und beigesetzt wurde. Auf dem weißen Holzkreuz, das nun auf der Spitze der Klippe thronte, stand Candelas Name. Die Blumengestecke überschwemmten den Erdhügel, nachdem Männer in dunklen Anzügen ihre Arbeit getan hatten. Candela hätte diese Stelle hier oben geliebt.

Während viele der Trauergäste weinten und schluchzten, wirkte Álvaro gefasst. Er starrte auf das Grab seiner Frau und verzog keine Miene. Hatte er vielleicht so viel geweint, dass er nun keine Tränen mehr hatte? War er zu kraftlos, um seinen Gefühlen Ausdruck zu verleihen?

Als Marie sich am Ende der Beerdigung dorthin umwandte, wo Christian gestanden hatte, war er bereits verschwunden.

18.
Cala Figuera

Marie hatte dem langen freien Wochenende schon die gesamte Woche entgegengefiebert. Endlich würde sie ihre beste Freundin Ebru wiedersehen!

Schon am Freitagabend hatte sie ihre Sachen gepackt. Vor ihrer Wohnung wartete bereits das kleine rote Auto, ein Mietwagen, mit dem sie ihre Freundin vom Flughafen in Palma abholen würde. Von dort aus wollten sie in ein Mädelswochenende aufbrechen, das sie in Cala Figuera verbringen würden.

Marie verstaute die Tasche im Kofferraum, wobei sie gehörig ins Schwitzen geriet. Sie packte immer viel zu viel ein, und dieser Kofferraum bot nicht einmal Platz für zwei Kisten Bier. Inständig hoffte sie, dass Ebru nicht auch noch so viel gepackt hatte.

Beflügelt von dem kribbelnden Gefühl der Vorfreude hüpfte Marie um das Auto herum. Sie sah die vertraute Straße hinunter, die von bunten Häusern gesäumt war, und stieg dann ins Auto.

Die Sonne war gerade erst über Caví aufgegangen

und erhob sich träge über die Dächer. Rötliche Sonnenstrahlen schlichen sich durch Straßen und Gassen.

Es schien, als wäre Marie die Einzige, die bereits auf den Beinen war. Keine Menschenseele war auf den Straßen zu sehen. Lediglich einige Katzen streunten um Müllcontainer und vor Hauseingängen herum. Die Gitter-Jalousien der Läden und Supermärkte waren noch heruntergelassen.

Marie folgte der aufgehenden Sonne, verließ Caví und fuhr über eine schmale Landstraße an der Küste entlang.

Dort, wo das Sonnenlicht bereits auf das Meer traf, schimmerte es verheißungsvoll auf dem Wasser. Marie erhaschte einen Blick auf einige Boote, die auf dem offenen Meer schaukelten.

Sie öffnete das Fenster, sodass der frische Fahrtwind an ihrem Haar zerrte. Sie blickte in den Rückspiegel und sah das Lächeln auf ihren Lippen und das Strahlen ihrer blauen Augen. Sie war erfüllt von Vorfreude auf ihre beste Freundin aus Köln und auf ein langes freies Wochenende. Es fühlte sich an, als führe sie in den Urlaub.

Die Fahrt zum Flughafen dauerte eine Stunde. Mal führte der Weg über die Autobahn, dann wieder an der Küste entlang. Marie fuhr durch Städte, über grüne Hügel, an Bauernhöfen vorbei, die mit ihrem mediterranen Altbau-Charme lockten.

Einmal hielt sie an einem staubigen Straßenrand an, um sich einen Fruchtbecher an einem kleinen Stand zu kaufen, der Früchte verschiedenster Arten feilbot. Saftige Melonen, Zitronen und Orangen, Äpfel und Feigen. Die Süße des Obstes explodierte auf Maries Zunge.

Mit ein paar Minuten Verspätung erreichte Marie den Flughafen. Als sie auf dem Parkplatz aus dem Wagen stieg, legte sie den Kopf in den Nacken, um die Palmen vor dem cyanblauen Himmel zu bewundern. Die ausladenden Wedel wiegten sich im Wind, und ein anderes Flugzeug durchkreuzte den Himmel, um auf dem Rollfeld hinter dem Flughafengebäude zu landen.

Neben Marie waren noch einige andere Autos auf dem Parkplatz angekommen. Taxen und Busse drängten sich dicht an dicht auf den Stellflächen oder reihten sich auf dem Weg in Richtung Autobahn aneinander, hielten vor den Zebrastreifen, über die immer wieder Touristengruppen mit ihren Koffern eilten.

Jeder suchte nach etwas. Nach den Verwandten, mit denen sie verabredet waren, nach Taxen oder Bussen, die sie zu ihren Hotels bringen würden.

Marie folgte dem Strom in die Halle. Dort schlug ihr eine gemischte Geräuschkulisse entgegen. Kinder, die schrien oder lachten, Gespräche, freudige Rufe, wenn sich Paare nach langer Zeit endlich wieder in den Armen lagen.

Marie beobachtete die Menschen um sich herum, sog die Freude und die positive Energie regelrecht in sich auf, ehe sie selbst suchend Ausschau hielt und sich über die Köpfe der Leute hinwegreckte.

Ihr Blick blieb kurz an jeder Frau hängen, die Ebru ähnlich sah, bis sie ihre beste Freundin entdeckte. Diese hatte sie offenbar schon längst gesehen. Winkend und mit einem breiten Lächeln auf den Lippen eilte sie auf Marie zu. Sie hatte langes schwarzes Haar, ihre Haut war gebräunt, und ihre hellbraunen Augen strahlten mit Marie um die Wette.

Ebru trug ein sommerliches Kleid mit Blumenmuster und Cut-Outs am Rücken. Quietschend vor Freude fielen sich die beiden Freundinnen in die Arme.

»Endlich hast du es geschafft, mich zu besuchen«, rief Marie freudig.

»Das kannst du laut sagen«, gab Ebru zurück. »Ich war so urlaubsreif! Und du bist es bestimmt auch!«

Marie strahlte. »Ich bin bereit, dieses lange Mädelswochenende zu genießen!« Sie half ihrer Freundin mit der Tasche.

Gemeinsam verließen sie den Flughafen, setzten sich ins Auto und fuhren nun in Richtung Cala Figuera.

Sie verließen Palma, folgten zunächst einem Küstenweg durch Can Pastilla, ehe sie über die Autobahn brausten, die durch ödes Land führte.

Nach einer knappen Stunde erreichten sie endlich das Fischerdorf Cala Figuera. Marie lenkte das Auto durch die schmalen Straßen. Um die Altstadt herum, die sich am Hafen befand, hatte der Tourismus sich diesen kleinen Ort erschlossen. Hier reihten sich moderne Ferienhäuser an größere Hotelkomplexe, hinter denen immer wieder die von Felsen umgebene Küste aufblitzte.

Maries und Ebrus Ziel war allerdings die Altstadt, das romantische Fischerdorf. Auf einem Parkplatz stellten sie das Auto ab und setzten mit ihrem Gepäck den Weg zum Hotel fort.

Es lag im Zentrum des Fischerdorfes. Als Marie und Ebru an das Hafenbecken traten, weiteten sich ihre Augen, die diese Schönheit nicht auf einmal einzufangen vermochten.

Im Becken dümpelten kleinere und größere weiße Fischerboote, wiegten sich von links nach rechts. Aufgrund des türkisen, kristallklaren Wassers wirkte es, als schwebten die Boote lediglich.

Um das schmale Hafenbecken herum führte ein asphaltierter Weg, der teilweise schon in die Jahre gekommen und etwas schadhaft war. Ab und an lagen dort grüne Fischernetze, auf denen sich die eine oder andere Möwe niedergelassen hatte, wahrscheinlich in der Hoffnung, etwas zu fressen zu ergattern.

Um das Hafenbecken herum reihten sich mediterrane Häuser und Anwesen aneinander, erbaut aus sandfarbenem Naturstein oder weiß angestrichen. Die grünen und roten Fensterläden schützten das Innere vor dem strahlenden Licht der Sonne. Immer wieder führten schmale Gassen und Wege zwischen den Häusern vom Hafen weg und in das Innere des Dorfes, das an einem Hang erbaut worden war. Zwischendurch ragte mit Büschen und Kletterpflanzen überwucherter Fels hervor. Über den Dächern der Häuser wiegten sich die Wipfel der Bäume.

Touristen schlenderten gut gelaunt um das Hafenbecken herum, verschwanden in den Gassen oder setzten sich an den Rand des Beckens und ließen die Füße ins Wasser baumeln.

»Es ist so wunderschön«, sagte Ebru mit glänzenden Augen. »Wo ist unser Hotel?«

Marie deutete auf das alte Anwesen, das auf einer Anhöhe erbaut worden war, sodass es wie einige andere Häuser über dem Hafen thronte.

Das Hotelgebäude war das Sinnbild einer großen Finca. Mit Säulen, einem Balkon, Tonziegeln und roten Holzfensterläden.

Ebru gab ein Quietschen von sich. »Ich kann es kaum erwarten.«

Nachdem sie eingecheckt hatten, zogen sich Marie und Ebru auf ihr Zimmer zurück. Es war modern und gemütlich eingerichtet. Zwei große Betten mit hohem, gepolstertem Kopfteil waren in Richtung der bodentiefen Fenster ausgerichtet, von wo aus sie einen atemberaubenden Blick über die Dächer der Häuser am Hafen, das blaue Wasser und den Himmel hatten.

Marie warf sich auf das Bett. Schon lange hatte sie sich nicht mehr so entspannt gefühlt. Seit Wochen und Monaten kümmerte sie sich um das Wohlergehen der Gäste im *Beach Residence & Spa.* Zwar machte ihr dieser Job großen Spaß, aber nun spürte sie, wie die Anspannung von ihr abfiel. In ihr kribbelte ein aufregendes Gefühl. Urlaub! Jetzt durfte sie einmal Gast sein und sich erholen. In ihr brodelte eine wilde Vorfreude.

Sie blickte zu Ebru, die ebenfalls auf dem Bett lag und aus dem Fenster schaute. »Wie wäre es«, begann Marie, »wenn wir uns frisch machen, etwas Hübsches anziehen, das Dorf erkunden und etwas Leckeres essen gehen?«

Ebru setzte sich auf. Ihre Augen strahlten. »Genau daran habe ich auch gedacht.«

Fünfzehn Minuten später schlenderten sie durch die schmalen Gassen, die wie ein Labyrinth zwischen den Altbauten verliefen. Sie folgten alten Steinstufen nach unten, bewunderten die weißen Gebäude mit den grünen Fensterläden, kamen an kleinen Cafés vorbei, vor denen nur eine Handvoll Stühle und Tische Platz fanden. Ein herrlicher Duft nach frisch aufgebrühtem Kaffee und süßem Gebäck lag in der Luft.

Marie und Ebru bewunderten die *Ensaimada,* eine süße, knusprige Hefeteigschnecke mit Puderzucker, die mit Marmelade oder Quark gefüllten *Robiols,* knusprige Teigtaschen, und *Coca d'Albercoc,* eine Art Aprikosenkuchen.

Maries Magen meldete sich so laut zu Wort, dass sogar Ebru es hören konnte. Diese warf ihr einen Blick aus den Augenwinkeln zu und grinste. »Vielleicht finden wir gleich einen schönen Ort zum Mittagessen.«

Marie lachte. »Das wäre super!«

Die beiden Freundinnen schlenderten weiter, kamen vorbei an Souvenirshops, die ihre bunten maritimen Waren verkauften. Marie beschloss, Christian einen Magneten mitzubringen. Zwar sammelte er diese nicht, aber er hatte eine Sammlung vom Vormieter seiner Residenz übernommen.

Die Magneten hatten sie sich zunutze gemacht, um im Fall »Gertrud von Timmenbach« zu brainstormen – die magnetischen Figuren hatten dabei einzelne Verdächtige repräsentiert. Es kam Marie so vor, als läge dieser Tag eine Ewigkeit zurück, doch es war eigentlich gar nicht so lange her. Marie konnte das Gefühl von Trauer nicht ganz abstreifen, das sie ergriff, als sie an die alte Dame dachte, einen Hotelgast. Gertrud war ein ganz besonderer Mensch gewesen.

Das Souvenir würde sie allerdings erst später kaufen. Sie liefen weiter, hielten an kleinen Boutiquen an, die wunderschöne, sommerliche Kleidung verkauften sowie Taschen aus geflochtenem Stroh und Haartücher.

Marie und Ebru folgten den Gassen weiter, bis sie an einer anderen Stelle des Hafens wieder herauskamen. Dort ragte eine Art Terrasse weiter ins Wasser. Mehrere Tische standen unter türkisfarbenen Sonnenschirmen. Beinahe jeder Platz war besetzt. Das Klappern von Besteck auf Geschirr und gedämpfte Gespräche erfüllten die Luft. Kellner und Kellnerinnen flogen regelrecht zwischen den Tischen umher, füllten Wein nach, beugten sich zu den Gästen hinunter, immer mit einem freundlichen Lächeln auf den Lippen.

Es roch nach frisch gegrilltem Fisch und Fleisch, nach kräftigen Saucen und Wein. Maries Magen verzog sich noch mehr.

»Ich hab schon verstanden«, sagte Ebru und lachte. »Komm, wir finden sicherlich noch einen Platz.«

Sie hatten Glück und erwischten einen freien Tisch, halb in der Sonne, halb im Schatten, direkt an der Brüstung, sodass sie auf das schimmernde, klare Wasser blicken konnten.

Nachdem sie bestellt hatten, atmete Marie tief ein, lauschte dem Plätschern der Wellen, die immer wieder leicht gegen den Rand des Hafenbeckens schwappten. Ihre Lungen weiteten sich, und sie spürte, wie sie sich entspannte.

»Du hast hart gearbeitet die letzten Wochen«, bemerkte Ebru, hob ihr Weinglas an und stieß mit Maries selbst gemachter Limonade an. »Du hast es dir mehr als verdient.«

Marie lächelte dankbar. »Du aber auch, als neue Teamleiterin. Das ist sicherlich nicht einfach.«

Ebru trank einen Schluck, schüttelte den Kopf. »Nein, absolut nicht. Die Firma ist eigentlich wie ein Kindergarten. Jürgen hat mich mit der Schippe gehauen, Eva hat mir die Zunge rausgestreckt – so in etwa. Und bei all dem Kinderkram muss ich darauf achten, dass jeder am Ball bleibt, pünktlich abliefert und alle Deadlines eingehalten werden.« Nun lehnte auch Ebru sich zurück, atmete mehrmals tief durch.

»Dann lass uns das Beste aus diesem Kurztrip machen.«

»Aber so was von!«

Der hübsche Kellner kam mit ihren Tellern und zwinkerte ihnen charmant zu. Ebru hatte *Cordero al Horno* bestellt, Lamm aus dem Ofen. Geschmorte Zwiebeln glänzten auf dem dunklen Fleisch. Dazu gab es kleine neue Kartoffeln, auf denen eine weiße Salzkruste glänzte, und einen bunt gemischten Salat.

Marie hatte Zackenbarsch bestellt. Dazu wurde geschmortes Gemüse aus Zucchini, Aubergine und Tomaten sowie Safran-Reis gereicht, sodass dieser gelb schimmerte. Das Gemüse und der Fisch dufteten herrlich.

Sie genossen das Essen, tranken noch einen Ipanema und unterhielten sich über die letzten Wochen. Marie verlor bewusst kein Wort über Candela und ihr Verschwinden. Sie wollte im Augenblick nicht daran denken.

Mit gefüllten Mägen setzten die beiden ihren Spaziergang fort. Sie kehrten ins Hotel zurück; dort schlüpften sie in ihre Badekleidung, packten Handtücher, Strandtücher und Sonnencreme ein, ehe sie ins Auto stiegen. Nach siebzehn Minuten erreichten sie den Strand Cala Llombard.

Marie und Ebru starrten auf den weißen Sandstrand, der in türkisblaues Wasser führte. Umrahmt war die Bucht von grünen Bäumen und Felsen, die tief ins Wasser ragten. Dadurch war es windstill. Sie fanden einen gemütlichen Platz zwischen den bunten Handtüchern und Sonnenschirmen der anderen Touristen. Es roch nach Sonnencreme und Meer. Die Sonne brannte gnadenlos auf die beiden Frauen nieder, während sie jubelnd Hand in Hand ins Wasser liefen. Sie lachten, schwammen und genossen die Erfrischung, die ihnen das kühle Nass bot.

Bis die Sonne unterging, blieben sie noch am Strand, sonnten sich, faulenzten und freuten sich über ihre freie Zeit.

Am Abend kehrten sie ins Hotel zurück, wo sie in enge Sommerkleider schlüpften, schicke Sandalen anzogen und sich aufmachten, um Tapas zu essen und Cocktails zu trinken.

Sie fanden eine Bar in einem der alten mediterranen Häuser. Dort ergatterten sie einen Platz auf der Terrasse. Im Hintergrund ertönte ruhige Jazz-Musik aus den Lautsprechern. Kerzen flackerten auf den Tischen und tauchten alles in eine gemütliche Atmosphäre. Doch was Maries Blick anzog und sie für einige Sekunden staunend innehalten ließ, waren die Lichter der Häuser, die das Hafenbecken umgaben. Glitzernd spiegelten sich die Lichtstreifen im Wasser. Funkelnd lag das Fischerdorf vor ihnen. Auch auf einigen Booten, die auf dem Wasser schunkelten, flammte hier und da ein Licht auf.

»Ich könnte hier Stunden sitzen«, seufzte Ebru, die sich gesetzt hatte und den Kopf auf die Hand stützte, um sich alles in Ruhe anzuschauen.

»So geht es mir auch.« Marie ließ sich ebenfalls nieder. Auch sie konnte den Blick nicht abwenden.

Erst als eine junge Kellnerin an ihren Tisch kam, um ihre Bestellung aufzunehmen, rissen sie sich von dem Funkeln des Dorfes los. Sie bestellten Schinken, Käse, Tapas und Oliven, dazu zwei Cocktails.

Marie startete mit ihrem Lieblingscocktail, einem minzigen Mojito, während Ebru eine Strawberry-Margarita bestellte.

»Also«, sagte Ebru in einem geschäftsmäßigen Ton, während sie mit dem Strohhalm in ihrem Glas herumstocherte, ehe sie einen Schluck daraus trank, »wir haben uns noch gar nicht über deine Bar unterhalten. Wie geht es voran?«

Ebenso wie das Thema »Candela« war die Bar ebenfalls etwas, worüber Marie nicht gern sprechen oder nachdenken wollte. Seufzend rührte sie in ihrem Cocktail. »Ich habe ein Angebot bekommen von Valentin. Er ist mit Cassandra befreundet … oder zumindest treffen sie sich. Er hat mir erst einen Kredit angeboten, dann eine Beteiligung.«

Ebrus Augen leuchteten. »Das ist doch wunderbar! Wie hast du dich entschieden?«

Marie zuckte mit den Schultern. »Noch gar nicht. Die Maklerin, Bianca Toledo, hat mich schon ein paar Mal angerufen und gefragt, ob ich die Immobilie nun kaufen will. Aber ich kann mich einfach noch zu keiner Entscheidung durchringen.«

Ebru zog die ausdrucksstarken dunklen Brauen zusammen. Sie sog am Strohhalm, hielt dabei inne, während sie Marie fragend ansah. »Warum nicht? Gibt es ein Problem?«

»Eigentlich nicht«, sagte sie. »Die Krux ist nur, dass ich mich nicht über Jahre verschulden will. Vor allem nicht, wenn ich eine persönliche Beziehung zu dem Kreditgeber habe.«

Ebru nickte und schob sich ein Stück würzigen Käse in den Mund. »Absolut. So ein Privatkredit ist nicht ohne.« Sie spießte eine Olive auf. »Und wenn dieser Valentin, wie er dann vorgeschlagen hat, ›nur‹ in deine Bar investiert?«

Marie, die gerade ein Stück Baguette mit einem scharfen Dip mit starker Knoblauchnote bestrich, wiegte den Kopf. »Damit könnte er über gewisse Dinge mitentscheiden und wäre am Profit beteiligt.« Gedankenverloren ließ sie den Blick über die glitzernden Lichter des Hafens gleiten. »Und wenn ich ehrlich bin, möchte ich das nicht. Ich möchte selbstbestimmt sein. Es soll *meine* Bar sein. Zu hundert Prozent. Ich will das allein schaffen, verstehst du?«

Es war das erste Mal, dass Marie diese Worte aussprach. Dabei spürte sie, dass es die Wahrheit war. Ihre Wahrheit. Sie wollte Valentins Geld nicht annehmen, auch wenn das bedeutete, dass sie noch länger sparen musste und vielleicht auch ihre Traum-Location dafür opfern musste. Doch sie war sich nun sicher, dass sie Valentins Angebot nicht annehmen würde.

Ebru musterte sie nachdenklich. »Ich kann dich verstehen und finde, dass deine Entscheidung richtig ist.« Sie lächelte, während sie sich weiter an den Oliven bediente. »Du machst das schon richtig. Da mache ich mir keine Sorgen. Du musst nur Geduld haben.«

Marie nickte und schob sich ein Stück Schinken in den Mund. Der würzige Geschmack breitete sich in ihrem Mund aus. »Geduld ist ja nicht gerade meine Stärke.« Sie schmunzelte.

Ebru lachte. »Ich weiß. Aber sie wird sich auszahlen.« Sie schlürfte den Rest aus ihrem Cocktailglas, ehe sie den Finger hob, um einen weiteren zu bestellen.

Die beiden Freundinnen wechselten das Thema. Ihr Gelächter hallte durch den Hafen in die Nacht hinaus. Sie tranken, aßen, schwelgten in Erinnerungen und träumten von der Zukunft, während über ihnen die Sterne und unter ihnen die sich im Wasser spiegelnden Lichter funkelten, bis sie spät in der Nacht in ihr Hotelzimmer zurückkehrten. Dort fielen sie müde und erschöpft in die weichen Laken und schliefen sofort ein.

Früher an diesem Tag in Caví

Nach seinem ersten Observations-Misserfolg und nach der Beerdigung – die auch keine neuen Erkenntnisse gebracht hatte – beschloss Christian, noch einmal Álvaro auf den Zahn zu fühlen.

Anders als bei der ersten Observation, zu der er Santiago und Marie wegen einer konkreten Beweislage mehr oder weniger genötigt hatte, folgte er diesmal nur seinem unerklärlichen Drang, endlich Licht in den Vermisstenfall zu bringen. Denn die vielen, wenn auch kleinen Ungereimtheiten raubten ihm den Schlaf. Für Christian war Candelas Verschwinden wie ein Puzzle, das aus unzähligen Mosaikstücken bestand und das er unbedingt lösen musste. Vorher würde er keine Ruhe finden.

Diesmal wollte er es schon am Nachmittag versuchen. Gerade hatte Álvaro das Haus verlassen, schlenderte aber nicht in Richtung Promenade, sondern auf Innenstadt und Marktplatz zu. Mit dabei – wie konnte es anders sein? – war Chorizo. Der kleine Pekinese tapste seinem Herrchen voraus, die Nase hoch erhoben, den Schwanz unternehmungslustig in die Höhe gereckt, als gäbe er die Richtung an, während sein Zöpfchen hin und her wippte.

Christian schüttelte den Kopf. Er persönlich fand ja diese Hundefrisuren mehr als lächerlich. Und wenn er sich vorstellte, dass Álvaro sich jeden Morgen hinsetzte und Chorizo so frisierte …

In gebührendem Abstand folgte Christian den beiden. Hielt ab und an inne, wenn Chorizo an einer Hauswand schnupperte, um dann sein Beinchen zu heben.

Je näher sie dem Marktplatz kamen, desto belebter wurden die Straßen. Palmen am Straßenrand reckten sich dem blauen Himmel entgegen. Sie liefen vorbei an kleinen Bäckereien, Gewürzläden und Geschenkshops, die ein buntes Überangebot an Souvenirs präsentierten, so kitschig, dass es Christian beinahe in den Augen schmerzte.

An einem Zeitschriftenladen hielt er wieder inne. Álvaro traf auf einen älteren Herrn, der ihn prompt in ein Gespräch verwickelte.

Um nicht aufzufallen, nahm sich Christian blindlings eine Zeitschrift aus dem Ständer und schlug sie auf. Er hielt sie sich vor das Gesicht, blätterte, starrte aber an ihr vorbei auf die beiden Männer, die sich angeregt unterhielten.

Er war zu weit weg, um zu verstehen, worüber sie redeten. So ein Mist!

Der Mann klopfte Álvaro schließlich mit einem mitfühlenden Lächeln auf die Schultern, ehe die beiden wieder ihrer Wege gingen.

»Mama, guck mal, der Mann da liest auch die *Pferdepop!*«

Christian starrte auf die Zeitschrift. Erst jetzt fiel ihm auf, dass er einen Fotoroman mit einem gut aussehenden jungen Stallburschen und einer blonden Reiterin aufgeschlagen hatte. Verlegen sah er sich um. Hatte ihn sonst noch jemand beobachtet? Wie peinlich!

Hastig steckte er die Zeitschrift wieder zurück und nickte dem rothaarigen Mädchen freundlich zu. Die Kleine sah ihn voller Begeisterung an. Dann wanderte sein Blick zu der Mutter, die ihn eher argwöhnisch bedachte.

Christian spürte, wie seine Wangen heiß wurden, und lächelte entschuldigend. »Für meine Nichte. Die …

die ist ein großer Pferdefan. Aber ich … ich glaube, die Ausgabe hat sie schon«, flunkerte er, dann riss er sich los und nahm erneut die Verfolgung auf. Er spürte, dass Mutter und Tochter ihm noch nachsahen.

Álvaro tauchte in das bunte Treiben des Marktes. Es roch nach frischen Schnittblumen, Fleisch, Fisch und süßem Gebäck, während sich in die Gespräche der vorwiegend älteren Marktbesucher die lockenden Rufe der Verkäufer mischten.

Christian schob und drängelte sich zwischen in Grüppchen stehenden Menschen hindurch, den Blick immer auf Álvaro geheftet, der kein großes Interesse am Markt zu haben schien und nur den Markplatz überquerte. Irgendwann verlor Christian ihn aus den Augen. Sekunden hatten ausgereicht, sodass er sich jetzt vollkommen verwirrt um sich selbst drehte. Mist. Durfte das denn wahr sein? Er hatte ihn verloren.

Keinem bestimmten Ziel folgend, schlängelte er sich ans Ende des Markplatzes, wo eine größere Straße den Platz von mehreren Wohnhäusern trennte, die ein kleines Labyrinth an Gassen formten.

Gerade als Christian aufgeben wollte, erhaschte er einen Blick auf Álvaros hellblaues T-Shirt und beobachtete, wie er einem der schmalen Sträßchen folgte.

Bereit, über die Straße zu hechten, setzte Christian einen Fuß auf den Asphalt, als ihn etwas unangenehm in die Seite pikste. Aua!

Er sah hinab und erblickte einen Gehstock. Seine Augen folgten ihm und fielen schließlich auf das Gesicht seiner Besitzerin, die ihn mit blitzenden Augen anstarrte. Eine ältere Dame – sie musste an die neunzig sein – nickte ihm auffordernd zu. Sie trug ein Seidentuch um den Kopf. Darunter lugte weißes, feines Haar hervor. Erwartungsvoll wies sie mit dem Kopf in Richtung Straße. Wollte sie, dass er ihr auf die andere Straßenseite half?

Hin- und hergerissen, was er tun sollte, sah er von der Seniorin in Richtung Álvaro, der in der Gasse jenseits der Straße immer kleiner wurde.

Die Polizei – dein Freund und Helfer, kam es Christian in den Sinn. Brummend reichte er der Seniorin seinen Arm. Diese strahlte, ihre wässrigen Augen leuchteten auf. Glücklich hakte sie sich bei ihm unter und schnatterte auf Spanisch drauflos, während sie gemeinsam über die Straße gingen. Genauer gesagt trippelten sie in geradezu winzigen Schritten! Die Frau war so unglaublich langsam!

Christian verbiss sich einen Fluch, schmückte stattdessen den spanischen Monolog der Dame mit M*m-mhs* und *Ahas*.

Kaum hatten sie die andere Straßenseite erreicht, wand Christian sich entschlossen aus ihrem Griff. »Gern geschehen. Aber jetzt muss ich los«, erklärte er, wohl wissend, dass sie kein Wort verstehen würde.

Er wollte sich zum Gehen wenden, doch die alte Dame bekam noch seine Hand zu fassen. »*Muchas gracias!*« Sie ließ einen Schwall spanischer Lobeshymnen auf ihn niederprasseln – zumindest nahm Christian an, dass es sich bei dem Salmon um Dankesworte handelte –, dem er sich dringend entziehen wollte.

»Jaja, kein Problem.« Er entzog ihr die Hand. »Ich muss wirklich los.« Er starrte die Gasse hinunter, in der er Álvaro gesehen hatte, doch die lag nun verlassen da.

»Mist«, grummelte Christian und beeilte sich.

Er eilte die enge Straße hinunter, huschte an einigen Abbiegungen vorbei, in die er hineinblickte, ohne eine Spur von Álvaro auszumachen.

Er hatte ihn verloren.

Christian fuhr sich durch das schweißnasse Gesicht. »So eine Pleite«, schimpfte er und stampfte einmal ärgerlich mit dem Fuß auf, als ein schmatzendes Geräusch erklang.

Seine Stirn krauste sich in düsterer Vorahnung, in was er da gerade getreten war. Er wagte kaum, den Blick zu senken. Und tatsächlich! Als er sich endlich dazu durchringen konnte, entdeckte er die Reste eines kleinen braunen Hundehaufens unter seinem teuren Lederschuh. Na, vielen Dank auch!

Unwillkürlich musste er an diese verrückte Masseurin im *Residence & Spa* denken. War das das schlechte Karma, von dem sie gesprochen hatte?

19.
Eine unglaubliche Begegnung

Der darauffolgende Tag verlief ähnlich. Nach einem ausgewogenen Frühstück mit starkem Kaffee, frisch gepresstem Orangensaft und süßen Früchten faulenzten Marie und Ebru den heißen Vormittag über am Strand.

Am Nachmittag schlenderten sie durch das Fischerdorf, setzten sich an den Rand des Hafenbeckens, um dort die Füße ins Wasser baumeln zu lassen. Sie aßen zu Mittag und verbrachten den Abend bei Wein und Snacks auf einem kleinen Boot, das sie eigens dafür gemietet hatten.

Der Sonntag war ihr letzter Tag. Um ihn noch einmal besonders ausklingen zu lassen, hatten Marie und Ebru sich ihr Frühstück auf den Balkon bestellt. Nun saßen sie an einem üppig gedeckten Tisch. Warme Brötchen und Croissants. Orangensaft strahlte in kräftiger Farbe neben dem dunklen, dampfenden Kaffee in den Tassen. Melone, Erdbeeren, Konfitüren, Joghurt und Müsli – sie hatten alles, was das Herz begehrte.

Marie lehnte sich zurück, schloss die Augen, um jeden Strahl der Morgensonne einzusaugen. Sie kitzelte auf ihrer Haut, versprach einen wundervollen Tag. Vom Hafen her schallte das Lachen der Möwen zu ihnen herüber, eine Schiffsglocke erklang in der Ferne, ansonsten wirkte das Dorf noch ruhig und verschlafen.

Ebru seufzte. Genüsslich rührte sie in ihrem Joghurt. Sie trug eine Schlammmaske im Gesicht, die schwarzen Haare waren in ein Handtuch gewickelt. »Ich sag es dir, ich wandere auch aus.« Sie kicherte.

Marie stimmte mit ein und griff nach ihrem Croissant. »Ich werde Kellnerinnen brauchen, wenn ich meine Bar eröffne.«

»Dieses Angebot behalte ich im Hinterkopf. Wenn mir Thorsten wieder auf die Nerven geht mit seinen ewigen Zahlen, dann haue ich einfach ab.« Sie lachte.

Marie wusste, dass die Freundin das nicht ernst meinte. Ebru liebte ihren Job, auch wenn dieser – wie jeder andere auch – oftmals negative Seiten hatte. Trotzdem fand sie den Gedanken verlockend, ihre beste Freundin immer in der Nähe zu haben. »Das wäre so schön!«

Ebru lächelte sie an. Sie dachte offenbar das Gleiche. »Ich bin aber beruhigt, dass du auch hier schon Freunde gefunden hast. Cassandra scheint eine coole Socke zu sein, und Christian hört sich zwar nach einem kleinen Spießer an, doch ihr versteht euch gut, oder? Wie geht es ihm eigentlich? Langweilt ihr euch, jetzt, wo ihr keinen Fall mehr habt?«

Marie verschluckte sich an ihrem Orangensaft. Nun kam dieses Thema an diesem rundum perfekten Morgen doch noch auf.

Ebru blinzelte überrascht. »Also habt ihr doch einen Fall?«

Hustend schüttelte Marie den Kopf. »Nein, nein. Es

ist nur, dass Christian momentan sehr verbissen ist.« Sie hustete kurz. »Eigentlich hatte ich gehofft, dass dieses Thema mich hierher nicht verfolgt. Ich hab dir doch von der Frau erzählt, sie heißt Candela Soler. Die Frau, die verschwunden ist.«

»Ja.« Ebru nickte langsam. »Ja, ich erinnere mich. Gibt es etwas Neues?«

Marie brachte ihre Freundin auf den aktuellen Stand der Dinge. »Sie muss ins Meer gestürzt sein. Bis jetzt fehlt jede Spur. Aber für die Polizei und für die meisten anderen im Dorf ist klar, dass Candela tot ist. Álvaro, ihr Mann, hat vergangene Woche eine symbolische Trauerfeier organisiert.«

»Ach, das ist so traurig. Und wieso ist Christian da verbissen?«

Marie hob die Schultern. »Er glaubt nicht an einen Unfall, sondern vermutet, dass mehr dahintersteckt. Aber er kann es auch nicht beweisen.«

Nachdenklich schlürfte Ebru ihren Kaffee. »Und was denkst du?«

Marie blickte nachdenklich in den blauen Himmel. »Es war ein Unfall.«

»Hm, es ist schon irgendwie seltsam, das alles. Also, natürlich liegt es nahe, dass Candela beim Wandern verunglückt ist. Doch ich kann auch verstehen, warum Christian etwas anderes vermutet.«

Marie murmelte zustimmend. Dennoch konnte sie sich nicht vorstellen, was sonst abgelaufen sein könnte. Álvaro hat sich vielleicht hin und wieder merkwürdig verhalten. Die beiden hatten Schulden, weshalb Álvaro auch sehr zeitnah den Laden verkaufen wollte. Christian hat darüber hinaus herausgefunden, dass da wohl eine Lebensversicherung im Spiel ist.«

»Aber die wird doch sicher erst ausgezahlt, wenn Candela wirklich für tot erklärt wird.«

»Ja, genau.« Marie nickte. »Das ist natürlich ein Motiv. Aber Álvaro hat ein Alibi, und auch sonst gibt es keine Hinweise auf ein Verbrechen.«

Ebru musterte ihre Freundin nachdenklich. »Vielleicht«, begann sie nach einigen Minuten des Schweigens, »langweilt sich Christian ja auch einfach nur in seiner Rente und sieht Gespenster, wo keine sind.«

Marie zupfte ein Stück von ihrem Croissant ab und wiegte den Kopf. »Ich glaube eher, dass es etwas mit einem alten Fall zu tun hat.«

Ebru sah sie fragend an.

»Es gibt da einen ungelösten Fall, der ihm keine Ruhe lässt. Deswegen ist er auch in Rente gegangen. Und ich glaube, das verfolgt ihn so sehr, dass er sich mit anderen Dingen ablenkt oder dass er grundsätzlich nicht mit ungelösten Fällen leben kann.«

Ebru schnalzte mit der Zunge. »Der Arme! Er kompensiert also, denkst du?«

»Ich glaube ja«, seufzte Marie. Dann setzte sie ein Lächeln auf. »Genug davon. Wir sollten uns fertig machen«, meinte sie nach einer Weile, um das Thema zu wechseln.

Ebru stimmte ihr zu, sagte nichts mehr zu Candela.

Die beiden Freundinnen zogen Sommerkleider an und schickten sich an, ihren letzten gemeinsamen Tag zu genießen.

Nebeneinander schlenderten sie durch die schmalen Gassen. Hinter jeder Ecke begrüßten sie Bougainvillea in strahlendem Pink oder orangefarbene Trompetenblumen, die sich an den weißen Hauswänden emporreckten.

Am Ende ihrer Reise durch das Gassensystem stießen

sie auf einen winzigen Markplatz in der Mitte der Altstadt.

Im Zentrum fand sich eine kleine Kathedrale mit gotischen Elementen. Die drei Turmspitzen ragten in den wolkenlosen cyanblauen Himmel. Der Platz wurde von Cafés umrahmt. Ihre roten Schirme schützten die Touristen vor der Nachmittagssonne, die heiß auf sie herunterbrannte.

Heute war offenbar ein Trödelmarkt für die Touristen. Aber auch einige Händler mischten sich unter die Trödler. Es gab Stände mit Blumen, farbenfrohen Tüchern, Strandmode, Souvenirs und Lebensmitteln. Es roch nach frischen Früchten und Fisch.

Marie und Ebru stürzten sich in das Getümmel. Es herrschte reges Treiben, sodass sie sich einfach von der Menge treiben ließen.

»Oh, ich habe dahinten einen Stand mit Salz, Ölen und Seifen gesehen«, rief Ebru. »Da möchte ich noch einmal kurz hin. Treffen wir uns gleich in dem Café da?« Sie deutete auf ein kleines Bistro, vor dem man draußen im Augenblick noch Platz fand.

»Na klar«, gab Marie zurück und ließ sich weiter treiben.

Verträumt blieb sie vor einem Souvenirstand stehen, betrachtete die Magneten, die den Hafen mit den Häusern herum abbildeten. Davon wollte sie einen für Christian kaufen. Am Freitag war sie nicht mehr an dem Geschäft mit den Magneten vorbeigekommen. Es gab auch noch Flaschenöffner, Untersetzer, kleine Schilder mit Sprüchen oder Bildern darauf. Alles war bunt bemalt und mediterran.

Sie fragte den älteren Herrn, dem dieser Stand gehörte, wie viel die Magneten kosteten, und kaufte schließlich einen.

Nachdem sie das Geschenk in der Tasche verstaut hatte, wollte sie sich noch auf die Suche nach einem kleinen Präsent für Alba und Cassandra machen. Sie überlegte, ob sie es Ebru gleichtun und sich an dem Stand mit den kleinen Salzdosen und Olivenölflaschen umschauen sollte, entschied sich dann aber dagegen.

Cassandra würde sich sicherlich über ein schönes Strandtuch freuen, dachte Marie und schlenderte auf die Tücher zu, die in der heißen Nachmittagsbrise flatterten. Ihre bunten Muster tanzten im Wind, dass es beinahe hypnotisierend auf Marie wirkte. So sehr, dass sie nicht auf ihre Umgebung achtete und plötzlich mit jemandem zusammenstieß.

»*Perdon*«, murmelte sie, drehte sich zu der Person um, die sie versehentlich angerempelt hatte.

Als sie einen flüchtigen Blick auf die Frau erhaschte, gefror ihr das Lächeln auf den Lippen. Sie war direkt an ihr vorbeigehuscht, um in der Menge zu verschwinden, doch in den Sekunden, in denen Marie ihr Gesicht zu sehen bekommen hatte, hatte sie es genau erkannt. »C-Candela?!«, krächzte Marie, die herumgewirbelt war.

Im letzten Augenblick konnte sie noch beobachten, wie die Frau zwischen einigen Touristen verschwand. Sie hatte sich die Haare gefärbt. Die normalerweise kinnkurzen schwarzen Haare waren nun eine Idee länger und blond. Doch Marie meinte, dass sie gerade in Candelas rundes, freundliches Gesicht geblickt hatte. Oder hatte sie sich das nur eingebildet, weil beim Frühstück das Thema wieder aufgekommen war?

Hastig schob sie sich zwischen Touristen und Einwohnern hindurch. Entschuldigte sich und stolperte dem Rot des Satinkleides hinterher.

Am liebsten hätte sie Candelas Namen gerufen, doch sie wollte sich die Peinlichkeit ersparen, wenn sie es doch nicht war. Trotzdem musste sie das Gesicht der Frau noch einmal sehen, um ganz sicher zu sein, dass sie es *nicht* war.

Sie konnte es ja nicht sein. Candela war tot. Sie war bei ihrer Wanderung ums Leben gekommen. Sie war tot.

Mit klopfendem Herzen hetzte sie der Frau hinterher. Diese eilte aus dem Getümmel des Marktes hinaus und verschwand in einer Gasse.

Marie lief hinter ihr her. Die Frau stieg Steinstufen zu einer höher gelegenen Gasse empor.

»Candela«, rief Marie nun doch laut.

Zu Maries Überraschung blieb die Frau stehen, als fühlte sie sich tatsächlich angesprochen. Sie wandte den Kopf zur Seite, aber so, dass ihr Haar ihr Gesicht halb verdeckte.

Marie blieb das Herz stehen, trat noch etwas näher an den Fuß der Treppe. Ihr Blick blieb an dem opulenten Goldschmuck an Armen, Fingern und Hals der Frau hängen. Genau so einen Schmuck hatte Candela immer getragen. »Candela, bist du es?«

Die Frau fuhr zusammen, ehe sie die Flucht antrat und weiter davonhetzte.

Marie erklomm die Treppenstufen, hastete hinterher. Doch schon in der nächsten Gasse hatte sie die Frau, von der sie glaubte, dass es Candela war, verloren. Sie stand an einer Weggabelung, blickte erst in die eine, dann in die andere Richtung. Aber die mysteriöse Frau war verschwunden.

Was blieb, waren Maries rasender Puls, die verschwitzte Haut und das Chaos in ihrem Kopf. In ihrem Inneren brodelte jedoch etwas, was sich absolut sicher war: Sie hatte gerade Candela gesehen!

20.
War es ein Geist?

Ebru saß bereits an einem kleinen Tisch auf der Terrasse des Cafés. Auf dem Kopf trug sie einen Sonnenhut mit großer Krempe und auf der Nase eine riesige Sonnenbrille. Auf Marie wirkte sie in diesem Aufzug wie eine Hollywood-Diva. Ebrus Shoppingtour war also ein voller Erfolg gewesen.

»Was ist passiert? Hast du dich verlaufen?« Sie lachte.

Noch immer außer Atem, ließ Marie sich auf den Stuhl fallen und wischte sich den Schweiß von der Stirn. Die Worte blieben ihr im Hals stecken, also konzentrierte sie sich erst einmal nur auf ihre Atmung.

Ebru schob ihr einen Cappuccino zu. »Ich hab dir schon einmal einen bestellt.« Sie musterte ihre Freundin. »Geht es dir gut? Du siehst aus, als hättest du einen Geist gesehen.«

Marie keuchte. »Kann man auch so sagen«, antwortete sie, nachdem sie wieder zu Atem gekommen war. Sie gab etwas Zucker in ihre Tasse und rührte dann den cremigen Milchschaum um.

»Was ist denn passiert?« Ebru sah sie fragend über den Rand ihrer Cappuccino-Tasse an.

Marie zögerte. Auch wenn sich von Minute zu Minute in ihr die Gewissheit manifestierte, dass sie Candela begegnet war, kamen ihr diese Worte nur schwer über die Lippen. »Ich … ich glaube, ich habe gerade Candela gesehen. Die Frau aus Caví, die verschwunden ist.«

Ebru nahm die Brille ab und starrte Marie mit offenem Mund an. »Was?« Sie schluckte, schaute sich um, als stünde Candela noch irgendwo in dem Trubel des Marktplatzes. »Bist du dir sicher? Schließlich ist sie doch –«

Marie schüttelte den Kopf und trank einen großen Schluck Cappuccino, um sich zu beruhigen. »Ich weiß nicht. Ihre Haare waren anders, und ich habe ihr Gesicht wirklich nur sehr kurz gesehen. Aber sie hat reagiert, als ich sie gerufen habe. Ich meine … vielleicht habe ich es mir auch nur eingebildet. Doch ein Teil von mir ist sich sicher, sie gesehen zu haben.« Sie seufzte. »Nur, was hätte das alles zu bedeuten?«

Ebru sah sie lange schweigend an, ehe sie erneut das Wort ergriff. »Das würde bedeuten, dass Christian zumindest in einem Punkt recht hatte: Vielleicht ist sie nicht abgestürzt.«

Marie lehnte sich über den Tisch. »Ja, aber was *hieße* das, Ebru? Nehmen wir an, sie war es. Hat sie dann ihr Verschwinden … ihren Tod vorgetäuscht? Und wenn ja, aus welchem Grund?«

Ebru rührte nachdenklich in ihrem Cappuccino und schwenkte dann den Löffel in der Luft. »Das ist eine gute Frage.«

Marie beobachtete das bunte Treiben auf dem Marktplatz. Sie dachte an Álvaro. Er hatte seine Frau gerade beerdigt – symbolisch zumindest – und nahm an, dass sie tot war. Er trauerte um sie, während Candela einige Kilometer entfernt quicklebendig und munter durch ein Fischerdorf schlenderte. Was hatte sie dazu veranlasst? Warum sollte sie so etwas tun? »Vielleicht«, begann sie und sah ihre Freundin mit großen Augen an, »vielleicht wollte sie aus ihrer Ehe entkommen.«

Ebru sog die Luft hörbar ein. »Meinst du, dass sie geschlagen wurde, oder so was?«

Marie hob die Schultern. »Eigentlich glaube ich das nicht. Ich weiß es natürlich nicht mit Sicherheit. Aber warum sollte man seinen Tod vortäuschen und dann einige Kilometer weiter ein neues Leben beginnen?«

»In dem Fall sollte Álvaro besser nicht wissen, dass sie hier ist«, flüsterte sie. »Wenn er wirklich gewalttätig ist, dann sollte er es nicht erfahren.«

Marie nickte ernst. »Ja, da hast du recht. Ich muss mit Christian darüber sprechen. Aber ich halte Álvaro eigentlich nicht für brutal oder so.« Sie verfiel in Schweigen, starrte auf das bunte Treiben auf dem Markt. Ihr kam ein Gedanke. »Oder Álvaro weiß davon und spielt den trauernden Ehemann, bis die Versicherung zahlt.«

Nachdem sie in einem kleinen Bistro frischen Fisch und Salat gegessen hatten, machten Marie und Ebru sich wieder auf dem Weg zurück in Richtung Palma.

Marie setzte ihre beste Freundin am Flughafen ab. Sie umarmten sich fest, und auch wenn es Marie schwerfiel, Abschied zu nehmen, war sie glücklich, dass Ebru sie auf Mallorca besucht hatte. Nachdem sie durch das Gate verschwunden war, bahnte Marie sich einen Weg zurück durch das Getümmel des Flughafens.

An- und Abreisende liefen in alle möglichen Richtungen, blieben stehen, wuchteten schwere Koffer von den Gepäckbändern.

Als Marie sich ins Auto setzte, schaltete sie die Klimaanlage ein und kehrte nach Caví zurück.

Auch wenn sie sich in das malerische Fischerdorf Cala Figuera verliebt hatte und am liebsten noch länger geblieben wäre, war sie nun froh, wieder zu Hause zu sein.

Zu Hause. Maries Blick glitt von der Hauptstraße über die Tondächer der Ferienhäuser und Geschäfte zum Meer hinüber, wo das Sonnenlicht verführerisch auf der Wasseroberfläche glitzerte. Es lockte mit verschiedenen Blautönen, während um sie herum die Supermärkte farbenfrohe Handtücher und Luftmatratzen präsentierten. Trotz der Nachmittagshitze explodierte an diesem heutigen Sonntag das Leben auf dem Marktplatz. Touristen sowie Einwohner zogen sich unter die roten Sonnenschirme zurück, um der Hitze mit erfrischenden Getränken zu entkommen.

Zu Hause …

Maries Blick wanderte weiter über die grünen Wipfel des Waldes. Darüber erhoben sich die Berge in den blauen Himmel, an dem nur weiße Wölkchen zu sehen waren.

Sie lenkte ihren Blick zur Promenade mit Marcos Restaurant an der Spitze der Klippen. Der bunte Trubel auf dem Weg und die vielen Sonnenschirme, Handtücher und Menschen, die den Strand besiedelten. Wasserbälle flogen durch die Luft. Kinder trugen ihre Eimer vom Wasser zu ihren Sandburgen. Einige Jugendliche versammelten sich um das kleine Holzhaus, in dem Cocktails, Eis und andere Getränke verkauft wurden.

Zu Hause.

Zum ersten Mal überkam Marie dieses wohlig warme

Kribbeln, als sie realisierte, dass Caví tatsächlich ihr Zuhause geworden war. Sie hatte dieses Dorf und seine Bewohner fest in ihr Herz geschlossen.

Wieder dachte sie über Candela und die Wahrscheinlichkeit nach, dass sie doch noch am Leben war. Hatte sie jeden hier getäuscht? Es sah so aus … Marie dachte nicht mit Verbitterung daran. Vielmehr fragte sie sich, was Candela dazu bewogen hatte, allen hier ohne ein Wort den Rücken zu kehren. Dabei spielte sie in ihrem Kopf düstere Szenarien durch, die ihr Schauer über den Rücken jagten. Dazu gesellte sich die Frage: Wusste Álvaro davon? Hing er da mit drin?

Marie erreichte das *Beach Residence & Spa*. Die ganze Fahrt über hatte sie überlegt, ob sie zuerst zu Christian gehen oder erst einmal Santiago von ihrer Begegnung berichten sollte. Denn ein Rest Unsicherheit blieb in ihr.

Nein, erst einmal zu Christian. Sie hoffte, gemeinsam mit ihm noch mehr herauszufinden.

Marie betrat die Lobby. Cassandra, die sich gerade mit einer älteren Dame unterhalten hatte, blickte auf. Ihre Augen strahlten auf. Dann blickte sie demonstrativ auf die Uhr an ihrem Handgelenk. »Du bist einen ganzen Tag zu früh. Oder vermisst du uns und das Hotel schon so sehr?«, witzelte sie.

Marie lachte. »Keine Sorge. Ich genieße diesen letzten Tag noch in vollen Zügen.«

Cassandra hob die Brauen. »Hier? Da wüsste ich etwas Besseres.«

Marie lehnte sich auf den Tresen. »Jaja. Ich möchte nur schnell zu Christian.«

Cassandras Lächeln verwandelte sich in ein verschwörerisches Schmunzeln. Sie beugte sich näher zu ihr. »Lass hören. Habt ihr wieder einen neuen Fall?« Sie wackelte mit den Brauen.

Wie immer war Marie zurückhaltend. Vor allem in dieser speziellen Sache wollte sie nicht ihre Vermutungen hinausposaunen. Deshalb legte sie eine Hand auf Cassandras. »Wenn es so weit ist, wirst du es als Erste erfahren, okay?«

»Aber klaro«, meinte Cassandra. »Dann lasse ich dich mal weiterziehen. Ich muss noch einiges an Papierkram aufarbeiten.« Sie rollte mit den Augen.

»Frohes Schaffen«, rief Marie und betrat den Speisesaal, an dessen Ende sie durch die Glastüren auf die Terrasse trat.

Die Hitze schlug ihr erneut entgegen. Viele der Hotelgäste entspannten sich am Pool, tranken dort ihre Cocktails, während wieder andere im Wasser Abkühlung suchten. In der Luft schwangen Gesprächsfetzen, das Plätschern des Wassers und Kinderlachen.

Marie schlenderte über den sattgrünen Rasen, der nur so grün und saftig war, weil er abends intensiv gewässert wurde.

Durch das Tor gelangte sie auf den schmalen Pfad, der zu Christians Residenz führte. Hier schluckten die Bäume die lebendigen Geräusche, die vom Hotel stammten.

Christian schätzte diese Stille, in der meistens nur das Zirpen der Grillen zu hören war.

Marie trat an seine Tür, jedoch nicht, ohne einen Blick über die niedrige Mauer auf die Türschwelle des Nachbarhauses zu werfen.

Hier hatte Gertrud von Timmenbach gewohnt, bevor sie tot in der Sauna des Hotels aufgefunden worden war. Seitdem stand das Haus leer. Vielleicht würde ja bald jemand das Häuschen buchen.

Marie klopfte an die Tür. Sekunden verstrichen. Sekunden, in denen er sich normalerweise bereits regte. Doch jetzt war nichts zu hören. Alles blieb still.

Marie klopfte erneut. Vielleicht hielt er ja einen Mittagsschlaf. Doch … nichts.

Sie schaute auf die Uhr. Christian blieb seinen Routinen und Abläufen in der Regel treu. Dazu gehörte, dass er normalerweise nicht in der Nachmittagshitze spazieren ging.

Er musste also zu Hause sein.

Marie beschloss, einen Blick in den Garten zu werfen. Vielleicht saß er gerade mit einem Bier auf der Terrasse und hatte das Klingeln nicht gehört. Oder er wollte es nicht hören, das kam auch vor.

Marie schlich an der Mauer entlang, zog sich an ihr hoch und spähte in den Garten. Auf der Terrasse war keine Spur von Christian. Allerdings wurde Marie im Pool fündig. Auf einer großen Luftmatratze trieb er auf der Wasseroberfläche dahin. Eine Sonnenbrille verdeckte die Augen, sein Gesicht wirkte ernst, der Mund war zu einer schmalen Linie zusammengezogen. So wie er dalag, musste Marie unwillkürlich an einen Toten im Sarg denken: die Hände gefaltet auf dem Unterbauch, während der Rest seines Körpers eine gerade Linie bildete.

Entspannt sah anders aus, fand Marie und konnte nicht ganz verhindern, dass sie der Anblick amüsierte. Das war Christian, wie er leibt und lebt. »He, Herr Munker«, rief sie über die Mauer.

Erschrocken fuhr er hoch, offenbar hatte er vergessen, dass er auf einer Luftmatratze lag.

Er verlor das Gleichgewicht, schwankte bedrohlich, während er sich an den Seiten festzuhalten versuchte. Doch vergeblich.

Mit einem Ächzen und einem lauten Platschen kippte er ins Wasser.

Marie schlug die Hand vor den Mund. Das war nicht ihre Absicht gewesen. Dennoch musste sie schmunzeln, als Christian auftauchte. Keuchend japste er nach Luft, ehe er zum Rand des Pools schwamm und Marie vorwurfsvoll anfunkelte.

»Soll ich dir noch einmal die Grundprinzipien der Privatsphäre erläutern?« Mit einer erstaunlich geschmeidigen Bewegung hievte er sich aus dem Pool und nahm das Handtuch auf, das er so auf der Liege platziert hatte, dass die Kanten des Tuchs exakt die Kanten des Möbels berührten. Er trocknete sich ab und warf Marie noch einen scheelen Blick zu. »Warte. Ich mache dir auf.«

Sie huschte um das Haus herum und erreichte die Türschwelle in dem Moment, in dem sich die Tür öffnete. »Ich hätte nicht deinen Sonntag gestört, wenn es nicht total wichtig wäre«, sagte sie, während sie sich an Christian vorbeischob und dem Flur in die Küche folgte, als ginge sie hier täglich ein und aus. »Ich habe dir übrigens ein Souvenir aus meinem Kurzurlaub mitgebracht«, fügte sie hinzu und klebte den Magneten an den Kühlschrank.

Christian betrachtete diesen kurz. »Schön, schön. Danke«, brummte er, öffnete die Tür und nahm sich ein Bier heraus. Wortlos bot er Marie ebenfalls eines an.

Dankend nahm diese die Flasche an, die er hochgehalten hatte, und trat auf die Terrasse, wo sie sich auf eine der Liegen Christian gegenüber fallen ließ.

Er sah nicht wirklich entspannt aus, fand sie. Vielmehr wirkte es, als hatte er die ganze Nacht nicht geschlafen. Noch dazu schien er zu lange in der Sonne gelegen zu haben. »Du musst die Sonnencreme öfter benutzen.«

»Ich bin eingeschlafen«, erklärte Christian zerknirscht

und trank einen Schluck. »Also, was gibt es so Wichtiges, dass du riskierst, mich umzubringen?«

Marie nippte ebenfalls an ihrem Bier. Vielleicht half das gegen ihren trockenen Hals. Wie sollte sie anfangen? Wo sollte sie beginnen? Sie beschloss, mit der Tür ins Haus zu fallen. »Ich habe Candela gesehen!«

Christian, der die Flasche gerade ein weiteres Mal hatte ansetzen wollen, verschluckte sich und begann zu husten. Er konnte sich gar nicht mehr beruhigen.

Erschrocken sprang Marie auf, trat zu ihm und klopfte ihm auf den Rücken, als wäre er ein kleines Kind.«

»Entschuldige«, bat Christian ernst, nachdem er wieder zu Atem gekommen war. »Aber könntest du das noch mal sagen?«

Marie nickte eifrig. »Ja, Christian, es stimmt. Ich habe Candela gesehen.«

Er blinzelte. Anscheinend gingen ihm mehrere Fragen gleichzeitig durch den Kopf, was sie ihm nicht verdenken konnte, da auch sie nach unzähligen Antworten suchte. »Hast du es der Polizei gemeldet?«

Marie schüttelte den Kopf.

Christian runzelte die Stirn. »Warum kommst du zu mir? Warum gehst du nicht zu Santiago?«

War Christian etwa beleidigt? Irgendetwas an seinem Ton ließ sie das vermuten. War es angesichts der Tatsache, dass sie die letzten Wochen mehr zu Santiago als zu ihm gehalten hatte? Dass sie öfter einer Meinung mit ihm gewesen war? Das bescherte ihr prompt ein schlechtes Gewissen.

Sie seufzte. »Das Ding ist, dass ich mir eigentlich sicher bin … aber nicht sicher genug, um es offiziell der Polizei zu melden. Abgesehen davon würden die doch sowieso nichts unternehmen ohne Beweise. Einem vagen

Hinweis würden sie nicht nachgehen. Zumindest Alonso nicht.«

Christian atmete einmal tief durch. »Santiago würde es vielleicht schon untersuchen. Aber nun gut. Sortieren wir das hier erst einmal vor. Wann und wo glaubst du Candela gesehen zu haben?«

Marie erzählte Christian im Detail, wie es zu dieser Begegnung gekommen und wie diese abgelaufen war. »Sie trägt das Haar inzwischen anders.« Sie beschrieb es ihm genauer. »Und ich habe ihr Gesicht vielleicht nur kurz gesehen, aber ich bin mir eigentlich sicher, dass sie es war. Und sie hat den gleichen Schmuck getragen. Und als ich ihren Namen gerufen habe, hat sie innegehalten und mich angesehen. Sie hat auf den Namen reagiert und ist dann förmlich vor mir weggelaufen.«

Christian rieb sich nachdenklich über das Kinn. Er schwieg einige Minuten, sodass Marie unruhig auf ihrem Platz hin- und herrutschte. »Ich glaube dir«, meinte er schließlich und nickte. »Ich hatte die ganze Zeit schon so ein Gefühl, dass etwas faul war an ihrem Verschwinden. Das weißt du ja.«

»Was, meinst du, könnte dahinterstecken?«, fragte Marie. »Vielleicht hat sie ihren Tod vorgetäuscht, weil sie eine schwierige Ehe mit Álvaro hatte. Vielleicht war er gewalttätig, und sie wollte einfach nur weg von ihm.«

Christian starrte nachdenklich in den blauen Himmel über ihnen. Dann schüttelte er langsam den Kopf. »Nein«, erwiderte er langsam. »Nein, das glaube ich nicht. Irgendjemand hätte mal was davon mitbekommen. Alle sagten, die beiden waren immer ein Herz und eine Seele.«

Marie sah ihn fragend an. »Wer weiß? Wir können es nicht völlig ausschließen.«

»Ich würde mich sogar so weit aus dem Fenster lehnen zu behaupten, dass ich es ausschließen kann.« Marie klappte der Mund auf. Christian ließ sich nicht beirren und fuhr fort: »Álvaros ganzes Verhalten hat auf mich die gesamte Zeit schon aufgesetzt gewirkt. Von Anfang an. Er weiß, dass Candela lebt. Ich bin mir sogar sicher, dass er ihr geholfen hat.«

Nun leuchteten Christians Augen auf, und er leckte sich über die Lippen. Er sah Marie durchdringend an. »Überleg doch mal. Chorizo ist mit Blut verschmiert, aber nicht an den Pfötchen, sondern am Rücken. Vielleicht haben sie ihn absichtlich mit Candelas Blut in Kontakt gebracht, damit jeder glaubt, sie sei gestürzt. Der Hund war ansonsten sauber, als er gefunden wurde. Warum? Vielleicht weil er gar nicht tagelang durch Matsch und Staub geirrt ist. Verstehst du, Marie? Wieso war Chorizo – bis auf das Blut – so sauber?«

Sie sackte in ihrem Stuhl zusammen. Diese Kleinigkeiten, die sie, wenn Christian sie erwähnt hatte, davongewischt hatte, stießen ihr jetzt ins Auge. »Da fällt mir ein, dass Chorizo auch nicht durstig und auch nicht hungrig gewesen war, als ich ihm nach seinem Auffinden etwas angeboten hatte. Er wirkte tatsächlich nicht wie ein Hund, der tagelang ohne Wasser und Futter in der Natur umhergirrt war.«

Christian nickte und deutete mit dem Flaschenhals auf Marie. »Die Müsliriegel. Was ist, wenn Candela sich in den Tunneln versteckt hat und Álvaro sie unter anderem mit den Müsliriegeln versorgt hat? Ist das so abwegig?«

Marie starrte Christian an, war aber gedanklich wieder in den Höhlen, nachdem sie Chorizo dorthin verfolgt hatte. »Du hast die Frage gestellt, warum der Hund ausgerechnet in die Höhlen gelaufen ist.« Ungläubig schüttelte sie den Kopf. »Er hat Candela gesucht! Er wusste, dass sie da war.«

Christian nickte langsam. »Santiago meinte, die beiden haben Schulden, und die Boutique war nicht lukrativ. Álvaro will den Laden verkaufen. Vielleicht mag das Geld reichen, um die Schulden zu tilgen, aber sicher längst nicht, um ein neues Leben anzufangen, oder?« Christian trank kurz einen Schluck, wohl, um seine Kehle zu befeuchten. »Während du weg warst, habe ich etwas recherchiert. Du weißt ja, mein Kontakt bei der Polizei …« Er machte eine kurze Pause. Marie erinnerte sich an Christians mysteriöse Kontaktperson bei der Polizei, die ihnen auch im Fall Gertrud von Timmenbach weitergeholfen hatte. Bis heute wusste Marie nicht, wer genau dieser Informant war.

»Die Boutique wurde nicht etwa verkauft, weil Álvaro damit ohne Candela nicht mehr fertigwurde, weil ihm die Arbeit über den Kopf wuchs oder weil er damit die Schulden zunächst tilgen wollte.« Christian winkte ab. »Der Zeitpunkt wurde so gewählt, damit es genau so aussieht, doch in Wirklichkeit hat Candelas Geschäft schon lange rote Zahlen geschrieben. Noch schlimmer: Álvaro und Candela sind hoch verschuldet.«

»Die Lebensversicherung!«, rief Marie aus und war nun genauso aufgeregt wie Christian, der nun schnipste und mit dem Zeigefinger auf sie zeigte.

»Exakt!«

Marie ließ sich in die Lehne zurückfallen. Puh.« Das musste sie erst einmal verdauen. Sie starrte auf den Pool, wo die Luftmatratze von einem Beckenrand zum nächsten trieb. »Was mir nicht in den Kopf will, ist, dass sie ganz Caví täuschen. Alba, all ihre Freunde und Verwandten.« Fassungslos schüttelte sie den Kopf. »Sie geben alles auf.« Beinahe flüsterte sie die letzten Worte.

Christian nickte nachdenklich. »Ja, manchmal ist der finanzielle Druck so groß, dass man bereit ist, diesen Preis zu bezahlen.« Nachdenklich setzte er seine Flasche an und trank einen Schluck.

Sie dachte nach. Candela hatte ihren Tod vorgetäuscht. Zunächst hatten sie – vor allem Christian – Álvaro selbst verdächtigt, etwas mit dem Verschwinden seiner Frau zu tun, sie möglicherweise sogar ermordet zu haben. Als Motiv hatte er vermutet, dass Álvaro die Summe der Lebensversicherung einstreichen wollte. Langsam sickerte die Erkenntnis in ihr Bewusstsein.

»Wow.« Marie konnte das Gefühl der Enttäuschung, das wie Galle in ihrer Kehle brannte, nicht ganz ignorieren. Candela und auch Álvaro waren nette Menschen gewesen, die hier in Caví ein hohes Ansehen genossen hatten. Candela war sogar etwas wie eine Freundin für sie gewesen.

Marie verstand ihre Notlage, und sie verstand, warum sie – vermutlich – getan hatten, was sie getan hatten. Aber sie dachte gleichzeitig an Alba, die ihre langjährige Freundin betrauerte, obwohl diese gar nicht wirklich tot war. Sie dachte an den Schmerz, den sie am Tag der Beerdigung bei so vielen Menschen gespürt hatte, die um Candela trauerten. Und abgesehen von der menschlichen Enttäuschung war es eine Straftat …

»Was machen wir also?«, fragte Marie.

Christian hob die Schultern. »Wir können warten, bis Álvaro in den nächsten Wochen oder sogar Monaten wegzieht, und ihn dann beschatten. Er wird uns mit Sicherheit geradewegs zu Candela führen. Es macht wenig Sinn, nach Cala Figuera zu gehen und sie dort zu suchen. Sie weiß, dass du sie erkannt hast. Vielleicht überlegen sie sich bereits etwas Neues, suchen sich einen neuen Aufenthaltsort. Falls die beiden überhaupt miteinander kommunizieren, was ich eigentlich bezweifle. Das würde schließlich Spuren und Beweise hinterlassen.«

Er musterte Marie mit einem unergründlichen Blick aus blauen Augen. »Aber ich bin mir sicher, dass Álvaro seine Frau ermahnen wird, Ruhe zu bewahren, wenn er von eurer Begegnung erfahren hat. Er weiß sicherlich selbst, wie unwahrscheinlich es ist, dass die Polizei nach ihr sucht. Er wähnt sich also noch in Sicherheit. Und er weiß, dass Rubio fauler als ein französischer Schimmelkäse ist.« Er trank einen Schluck Bier. »Wir stellen Álvaro eine Falle. Wenn du aktiv auf ihn zugehst und ihm erzählst, dass du Candela gesehen hast, werden sie ganz bestimmt einen Fehler machen.«

Marie lehnte sich vor. »Wir werden ihm also sagen, dass seine Frau lebt, und ihn dann beschatten, um herauszufinden, wie er reagiert.«

»Genau.« Christian nickte. »Willst du Santiago mit ins Boot holen?«

21.
Die Falle

Wie erwartet war es am nächsten Tag nach der Arbeit schwierig gewesen, Santiago zu überzeugen, Álvaro eine Falle zu stellen. Er hatte sich äußerst skeptisch gegenüber Christians Vermutungen, den Indizien und dem Plan gezeigt.

Doch schließlich hatte er eingewilligt – unter der Bedingung, dass Marie mit einer Wanze in das Gespräch mit Álvaro ging. Denn auch, wenn er noch immer nicht daran glauben wollte, dass Álvaro mit Candela unter einer Decke steckte, war ihm wichtig, eingreifen zu können, falls Marie den Mann in die Enge trieb. Sicherheitshalber wollte er ganz in der Nähe bleiben.

Marie machte sich auf den Weg zu Álvaros Wohnung. Vor Anders Poststelle bog sie in die schmale Straße. Rosafarbene Oleander in großen Tontöpfen säumten die Häuser und Hauseingänge. Im Schatten des Hauses, einige Meter vom Eingang entfernt, wartete Santiago und nickte ihr verschwörerisch zu.

Marie trat an die dunkelblaue Tür und drückte auf die Klingel der Solers.

Nach kurzer Zeit ertönte ein Summen. Marie lehnte sich gegen die Tür und trat, dicht gefolgt von Santiago, in einen kühlen, dunklen Hausflur. Es roch nach abgestandener Luft. In einem der oberen Stockwerke öffnete sich eine Tür und Chorizos Kläffen hallte durch das schmale Treppenhaus.

Während Santiago an den Briefkästen stehen blieb, erklomm Marie die Treppen. Mit jeder Stufe schlug ihr das Herz härter gegen die Rippen. Kurz hielt sie inne, atmete tief durch und überprüfte den Sitz des kleinen Mikrofons, das auf ihrer Brust unter ihrem T-Shirt klebte. Das Gespräch mit Álvaro würde auf Santiagos Handy übertragen werden.

Dann setzte sie den Weg fort und traf im Obergeschoss Álvaro an.

Er stand im Türrahmen. Mit dem Fuß hinderte er Chorizo daran, in den Flur zu stürmen. Seine Augen weiteten sich vor Überraschung, als er Marie erblickte. »Was für eine Überraschung!«, sagte er, und ein unsicheres Lächeln zuckte über seine Lippen.

Sie blieb abwartend vor ihm stehen. »Hallo, Álvaro, wie geht es dir?«

Kurz kniff er die Augen zusammen, musterte Marie und öffnete dann die Tür vollständig. »Mir geht es gut … den Umständen entsprechend«, fügte er hastig hinzu. »Was kann ich für dich tun?«

»Ich wollte dir etwas Wichtiges sagen.« Marie hoffte, dass sie die Aufregung gut rüberbrachte. Dabei war ihr Ton vielmehr der Aufregung geschuldet, ihm nun tatsächlich gegenüberzustehen und ihn in die Falle zu locken. Würde es funktionieren? Und lagen sie überhaupt richtig? Mit einem Mal überkamen sie wieder Zweifel …

Álvaro legte den Kopf schief, dann trat er zurück, sodass Marie die Wohnung betreten konnte. »Komm doch herein.«

Sie kam der Bitte nach und folgte ihm durch einen schmalen Flur in das Wohnzimmer. Überall hingen Familienfotos. Candela hatte offenbar ein Faible für kitschige Porzellanfiguren. Diese standen beinahe auf jeder Kommode und jedem Sideboard.

Im Wohnzimmer setzte Marie sich auf ein Ledersofa, auf dem mehrere Zierkissen für Gemütlichkeit sorgten.

Chorizo tappte schwanzwedelnd auf Marie zu, schnüffelte an ihrem Schuh und beäugte sie neugierig. Lächelnd beugte sie sich herunter und kraulte den kleinen Hund hinter den Ohren.

»Kann ich dir etwas zu trinken anbieten?«, erkundigte sich Álvaro hinter ihr.

»Nein, danke. Ich bleibe auch nicht lange.« Marie rieb sich die schweißnassen Hände an der Jeans ab. Sie atmete mehrmals tief durch.

Álvaro setzte sich ihr gegenüber. »Na dann, schieß mal los.«

Sie leckte sich über die trockenen Lippen. »Ich weiß nicht, wo ich anfangen soll.« Sie musterte ihn. Die steile Falte zwischen seinen Augenbrauen war für Marie ein Hinweis darauf, dass er rätselte, warum sie hier war. Kommunizierten er und Candela also nicht? Wusste er noch nicht, dass sie sie gesehen hatte? Oder hatte sie sich vielleicht wirklich geirrt und war einer anderen Frau begegnet, die Candela nur ähnlich sah?

Maries Herz klopfte ihr bis in die Kehle. Sie atmete tief durch. Reiß dich zusammen, ermahnte sie sich. »Das wird jetzt wahrscheinlich ein Schock für dich sein, Álvaro. Ich war am Wochenende mit einer Freundin in Cala Figuera.« Sie machte eine Pause, wartete seine Reaktion ab. Kaum merklich weiteten sich seine Augen, und er spannte sich an. »Stell dir vor, ich habe Candela gesehen!«

Santiago hatte ihr gesagt, wie wichtig es war, dass sie, trotz des Restes Unsicherheit, so wirkte, als wäre sie sich mehr als sicher.

Álvaro blinzelte. Er japste nach Luft, rang nach Worten. War es nun die Reaktion darauf, dass sie sein Geheimnis gelüftet hatte? Oder hatte er tatsächlich nicht gewusst, dass seine Frau noch lebte?

Keuchend richtete Álvaro sich auf dem Sofa auf. Er sah sie fragend an. Ein humorloses Lachen entrang sich seiner Kehle. »Was? Wie kommst du darauf? Das kann nur ein Scherz sein.« Räuspernd hob er Chorizo auf den Schoß und streichelte ihm hektisch über das Fell. Seine Hände zitterten.

Auch der kleine Hund schien die wachsende Nervosität seines Herrchens zu spüren. Er genoss nicht wirklich die Streicheleinheiten, blickte vielmehr unruhig über die Schulter zu Álvaro.

Marie beugte sich vor und stützte die Ellenbogen auf die Knie. »Ich weiß, Álvaro konnte es auch erst einmal nicht glauben. Aber sie war es, ganz sicher. Ich bin auf einem Markt mit Candela zusammengestoßen. Ich habe ihr genau ins Gesicht gesehen! Danach ist sie vor mir weggerannt.«

Álvaro ächzte, dann durchfuhr ihn ein Zucken, als käme er mit einem Schlag wieder zur Besinnung. »Meine Frau ist tot. Sie ist –«

Marie seufzte. »Glaube mir, ich würde dir das niemals erzählen, wenn ich mir nicht absolut sicher wäre. Ich weiß doch, wie sehr du gerade trauerst. Aber Candela ist nicht tot. Sie lebt und hat sich in Cala Figuera versteckt.«

Álvaro schüttelte den Kopf. Er schluckte hart. »Nein, das ist nicht möglich.«

Maries Brust zog sich zusammen. Sollte sie sich doch geirrt haben, wäre ihr Verhalten mehr als grausam, wurde ihr klar. Sie würde sich niemals verzeihen, diesem Mann das Herz gebrochen zu haben. Dennoch spürte sie etwas in Álvaros Reaktionen. Sie waren zeitverzögert und langsam, als bewegte er sich durch Wasser. Überlegte er etwa, wie er reagieren sollte? Sicherlich würde er versuchen, sie vom Gegenteil zu überzeugen, wenn er mit Candela unter einer Decke steckte. Also tat Marie, was Santiago ihr geraten hatte.

»Ich fürchte, doch, Álvaro. Ich habe Candela gesehen.« Sie betonte jedes einzelne Wort. »Und ich werde es auch der Polizei melden. So furchtbar es ist, dass sie uns alle getäuscht hat, können wir doch zumindest überglücklich sein, dass es ihr gut geht.«

Álvaro klappte der Mund auf … und fiel aus seiner Rolle. Die Maskerade brach in sich zusammen, seine Augen schienen mit einem Mal zu glühen. »Zur P-Polizei?« Er schüttelte wild den Kopf.

Hatte Santiago sie deswegen verkabelt? Würde Álvaro nun wütend werden und auf sie losgehen? Würde er alles gestehen und dann versuchen, sie zum Schweigen zu bringen? Ihre Gedanken verselbstständigten sich. »Ja, ich meine, sie können dir ganz gewiss helfen, sie zu finden.«

Álvaro saß schweigend da. Er hatte aufgehört, Chorizo zu kraulen. Der Hund blieb auf seinem Schoß, blickte aber immer wieder zwischen ihnen beiden hin und her. Er schien die Anspannung zu spüren, die wie Hitze in der Atmosphäre flirrte. Álvaro starrte durch Marie hindurch ins Nichts, saß völlig reglos da.

Marie spürte, wie sich kalter Schweiß auf ihrer Stirn

bildete. Sie unterdrückte den Drang, ihn wegzuwischen, stattdessen knetete sie die Finger, die sie nun unter ihre Knie geschoben hatte, damit Álvaro nicht sah, dass sie ebenfalls nervös war.

Nach Minuten des Schweigens, die Marie wie eine Ewigkeit vorkamen, sprang Álvaro plötzlich auf. »Ich kann nicht glauben, dass Candela lebt«, sagte er, und seine Stimme klang seltsam fremd.

Automatisch krampften sich Maries Finger in das Polster. Ihr Herz raste. Was hatte er nun vor?

Er kam auf sie zu. Hastig erhob sie sich ebenfalls, stolperte unbeholfen ein paar Schritte zurück. Normalerweise lag immer ein herzlicher, warmer Ausdruck in Álvaros Augen. Doch nun starrte er sie leer an, durchbohrte sie mit seinem Blick.

Er kam noch näher. »Danke, Marie, dass du zu mir gekommen bist«, sagte er langsam. Marie hielt die Luft an. »I-Ich werde zur Polizei gehen«, fuhr er dann hastig fort, und ein zittriges Lächeln trat auf seine Lippen. »Danke für deine Hilfe. Ich werde zur Polizei gehen, und dann werden wir herausfinden, wieso Candela das gemacht hat.« Er ließ Chorizo auf den Boden.

Marie verstand, dass er sie nun nicht länger hierhaben wollte. Und sie war mehr als dankbar dafür. Auch sie wollte nur eins: so schnell wie möglich diese Wohnung verlassen. »Ich wollte nur das Richtige tun«, sagte sie. »Ich gehe dann mal.« Schnell drehte sie sich um und lief den Flur hinab. Sie hatte ihren Job erledigt.

Aber war die Falle auch zugeschnappt? Álvaros Reaktion könnte darauf hindeuten. Oder war er einfach nur vollkommen vor den Kopf gestoßen über die ungeheure Neuigkeit? Würde er sie, Christian und sie, zu Candela führen?

22.
Álvaros Geheimnis

»Gut gemacht«, lobte Santiago, als Marie mit ihm in sein Auto stieg.

Christian saß bereits auf der Rückbank und nickte. »Ich hätte mich nicht besser anstellen können, Marie.«

»Danke.« Sie atmete mehrmals tief durch, war vollkommen außer Atem.

Nachdem Álvaro die Tür hinter ihr geschlossen hatte, war sie die Treppe hinunter- und gemeinsam mit Santiago zu dessen Auto gelaufen. Ihre Beine hatten sich dem schnellen Tempo ihres Herzens angepasst.

»Jetzt warten wir ab«, sagte Santiago und ließ sich im Fahrersitz zurücksinken.

Auch die beiden Männer waren gespannt, was Álvaro nun als Nächstes tun würde.

Zunächst ließ er sie allerdings zappeln und in den nächsten zwei Stunden an ihrer ausgelegten Falle zweifeln, bis er gegen neunzehn Uhr plötzlich aus dem Haus eilte.

Im Licht der schwindenden Sonne eilte Álvaro mit

Chorizo im Schlepptau die Straße hinauf. Sein Gesicht war vor Anspannung verzerrt. Mehrmals blickte er sich hektisch um, sodass Santiago und Marie sich tiefer in die Sitze sinken ließen.

Dann riss er in einer hektischen Bewegung die Autotür eines silbernen kleinen SUVs auf, verfrachtete den Hund auf dem Beifahrersitz und stieg ein. In rasantem Tempo parkte er aus und raste dann die Straße entlang, dem Horizont entgegen.

Stotternd sprang auch Santiagos Auto an, und sie nahmen die Verfolgung auf.

Nach über einer Stunde erreichten sie den malerischen Fischerort Cala Figuera. Santiago und Christian hatten die gesamte Fahrt über darüber debattiert, wie man jemanden »richtig« beschattete. Christian war der Meinung gewesen, dass der spanische Kollege zu nah aufgefahren war, während Santiago darauf bestanden hatte, Álvaro andernfalls zu verlieren.

Nun hatten sie ein ganzes Stück von ihm entfernt zwischen zwei Autos am Straßenrand geparkt, während Álvaro Chorizo aus dem Wagen hob und auf den Asphalt setzte. Wieder blickte er sich nervös um, sodass die drei, die ebenfalls ausgestiegen waren, sich schnell hinter Santiagos Wagen duckten.

Als Álvaro seinen Weg fortsetzte, folgten sie ihm langsam und mit reichlich Abstand.

Niemand sagte ein Wort. Nur das leise Geräusch ihrer Schuhe auf dem Asphalt war zu hören. Über ihnen hatte sich der Himmel inzwischen purpurn gefärbt. Am Horizont erhellte noch ein rotgold glühender Streifen das Land und tauchte es in Zwielicht.

Sie befanden sich außerhalb des Fischerdorfs in einer Wohngegend. Hier reihten sich moderne Gebäude,

Mehrparteienhäuser und kleinere Hotels aneinander. An einem Abschnitt fielen die Klippen steil ab. Der Wind wehte durch trockenes Gras und Wildblumen. Das Rauschen des Meeres drang an ihre Ohren.

Nach einigen Metern betrat Álvaro den mit Bananenbäumen bepflanzten Vorgarten eines Appartementkomplexes. Marie, Christian und Santiago drückten sich gegen die Mauer in der Nähe des Tors.

Sie hörten das wiederholte Summen einer Klingel. Offenbar klingelte Álvaro Sturm. Bei Candela? Marie war sich nun sicher, dass sie Candela gesehen hatte. Jetzt war sie gespannt, was als Nächstes passieren würde.

Zunächst geschah jedoch gar nichts.

Niemand schien die Tür zu öffnen, und Álvaro fluchte laut, als Marie plötzlich eine Bewegung zu ihrer Rechten wahrnahm.

Eine Frau schlenderte den Bürgersteig hinauf auf das Gebäude zu. Sacht stupste Marie Christian und Santiago in die Seiten. Die beiden lehnten sich kurz etwas vor, ehe sie sich wieder zurück hinter den Mauervorsprung drückten.

»Ist das Candela, Marie?«, fragte Santiago. »Sie sieht so anders aus.«

Marie lugte noch einmal um die Ecke. Die Frau war nun näher gekommen. Jetzt erkannte sie sie. Marie nickte schnell. Es war Candela, und sie war offenbar tatsächlich »von den Toten auferstanden«.

Ihr Herz pochte zum Zerspringen.

Ohne die drei hinter dem Mauervorsprung einige Meter von ihr entfernt zu bemerken, bog Candela in den Vorgarten. Das Schnalzen ihrer Flipflops verstummte augenblicklich.

»Álvaro?«, hörte Marie die vertraute Stimme sagen. »Warum bist du hier?«

Sie wagten es, um den Vorsprung herumzuspähen, um einen Blick auf die beiden werfen zu können. Für Chorizo gab es kein Halten mehr. Offenbar hatte er sein Frauchen zu lange nicht gesehen und flitzte nun freudig kläffend auf sie zu.

Candela begrüßte den Hund, der an ihr hochsprang und sich vor Freude gar nicht mehr beruhigen konnte, nahm ihn auf den Arm und drückte kurz ihr Gesicht in sein Fell.

Álvaro, den Marie normalerweise nur mit einem entspannten Gesichtsausdruck oder einem Lächeln auf den Lippen kannte, sah seine Frau im Licht der Hauslampe nun wutverzerrt an. Er fuchtelte mit den Händen in der Luft herum. »Sie hat dich gesehen! Sie wissen, dass du lebst«, zischte er.

Candela schwieg einige Sekunden. »Marie?«, sagte sie nur.

Sie hatte sie also tatsächlich erkannt und versucht, vor ihr wegzulaufen, sich allerdings durch die Macht der Gewohnheit verraten: die Gewohnheit, auf den eigenen Namen zu reagieren.

Durch Maries Kopf rauschten Tausende Fragen. Die drängendste war: Warum?

Candela seufzte. »Ich habe gedacht, dass unsere Begegnung so flüchtig war und dass es so unglaubwürdig sein würde, dass sie nichts sagt.« Sie stöhnte. »Verdammte neugierige Kröte!«

Marie fuhr zusammen, als wäre sie geschlagen worden. So barsche Worte kannte sie von Candela nicht. Sie verstand, dass sie ihre Pläne durchkreuzt hatte, aber sie konnte das Gefühl der Verletzung nicht ganz unterdrücken.

»Sie wird die Polizei rufen. Vielleicht hat sie es schon

getan«, fuhr Álvaro fort. »Wir müssen noch heute verschwinden, bevor wir auffliegen.«

Candela hob hilflos die Hände und ließ sie wieder sinken. »Wir sind doch gar nicht vorbereitet. Wir müssen noch Tickets buchen und –«

»Wir müssen *heute* los! Sie wissen, dass du hier bist, und sie werden uns recht schnell finden.«

Santiago und Christian kommunizierten stumm miteinander. Ist das so ein Polizistending?, fragte Marie sich, die die beiden beobachtete, während sie sich gleichzeitig freute, dass sie offenbar zueinander gefunden hatten, trotz ihrer unterschiedlichen Ansichten.

Santiago trat vor, Christian schob Marie hinter ihm her, und so standen sie alle drei im Toreingang. »Wir haben Sie schon gefunden«, rief Santiago.

Álvaro zuckte zusammen, Candela wirbelte herum, wobei ihre Armreifen klimperten.

Ihre Augen waren weit aufgerissen, Schock und Unglaube konnte Marie in ihnen lesen. In der nächsten Sekunde sackte sie in sich zusammen und ließ den Kopf hängen.

Álvaro schien jedoch zum Angriff überzugehen. »Ihr habt mir eine Falle gestellt, ihr Schnüffler!«, schrie er außer sich und wollte an seiner Frau vorbei auf sie zustürmen. »Ich mache euch fertig.«

Doch bevor er auch nur in die Nähe von Christian, Santiago und Marie kam, hielt seine Frau ihn mit ausgestrecktem Arm zurück. »Hör auf, Álvaro. Es ist vorbei. Was willst du gegen die drei ausrichten? Sie haben doch alles mitangehört, und es ist ja auch offensichtlich.«

Ihre Stimme brach. Eine einsame Träne rann ihr die Wange hinab, die im Licht der Hauslampe glitzerte. »Wir sind aufgeflogen.«

Álvaros Anspannung fiel mit einem Schlag von ihm ab. Jetzt wirkte er kraftlos und niedergeschlagen.

Chorizo kläffte, offenbar unsicher, was hier gerade vor sich ging.

Marie schüttelte ungläubig den Kopf. In diesem Moment dachte sie an Alba, die ihre Freundin betrauerte, und wurde wütend. »Du lebst!«, sagte Marie leise. »Alle dachten, du seiest tot.«

Candela atmete tief ein, sodass die Sehnen an ihrem Hals hervortraten. Sie fuhr sich durch das frisch erblondete Haar. »Das sollten auch alle denken. Unser Plan war perfekt, und wir wären auch beinahe damit durchgekommen, wenn du nicht gewesen wärst, du …« Als ihr Blick auf Santiago fiel, verstummte sie. Doch es war bestimmt nichts Nettes gewesen, was ihr auf der Zunge gelegen hatte.

Marie musterte das Ehepaar enttäuscht. »Warum?« Das war die einzige Frage, die sie quälte. War es wirklich nur die prekäre finanzielle Situation der beiden gewesen, die sie dazu verleitet hatte?

Candela schaute zu ihrem Mann, der ebenso traurig ihren Blick erwiderte. Sie seufzte. »Schon länger hat meine Boutique nur noch rote Zahlen geschrieben«, sagte sie zähneknirschend. »Dadurch haben wir privat wie auch beruflich einen Riesenberg Schulden angehäuft, der uns letztendlich über den Kopf gewachsen ist.«

Candela atmete schwer, als läge tatsächlich ein enormes Gewicht auf ihrer Brust. »Irgendwann haben wir realisiert, dass wir es nicht mehr stemmen können. Der Druck war einfach zu groß. Da ist mir die Idee mit der Lebensversicherung gekommen. Es sollte alles nach einem Unfall aussehen, und nach einiger Zeit hätte man mich einfach für tot erklärt, und die Versicherung hätte eine siebenstellige Summe ausgezahlt, mit der wir all unsere Schulden hätten begleichen können.«

Traurig sah sie zu Boden. »Auch, wenn das zu bedeuten hatte, dass wir nicht mehr in Caví bleiben konnten und dass wir all unsere Freunde und Verwandten anlügen mussten.«

Nun liefen immer mehr Tränen über Candelas Wangen. Störrisch wischte sie sie fort. »Wir wussten einfach keinen Ausweg mehr. Die Schulden waren so erdrückend.« Sie schluchzte und suchte Halt bei Álvaro, der sie in eine zärtliche Umarmung zog.

Maries Herz krampfte sich zusammen. Für sie war die Verzweiflung der beiden greifbar. Wie erstickend die Last der Schulden gewesen sein musste, um alles aufzugeben, was ihnen lieb und teuer war! Sie blickte zu Santiago und Christian, die das Ganze äußerlich eher unberührt beobachteten.

Natürlich, dachte sie, für sie ist das hier nur ein weiterer Fall, in dem das Gesetz gebrochen wurde. Manchmal fragte sie sich, ob sie gelernt hatten, sich von den einzelnen Schicksalen der Täter nicht mehr berühren zu lassen.

Natürlich war es nicht richtig, gegen das Gesetz zu verstoßen, und schon gar nicht, anderen Menschen wehzutun. Aber Marie konnte nachempfinden, warum Candela und Álvaro sich zu diesem Betrug hatten hinreißen lassen. Gleichzeitig dachte sie aber auch an Alba und an Candelas nahe Angehörigen, die seit Wochen um ihre Freundin, Tochter, Schwester und Cousine trauerten, obwohl es dieser gut ging.

»Und da haben Sie sich überlegt, dass Sie den Sturz von einem Berg fingieren«, meldete sich nun Christian zu Wort. »Sie haben Chorizo mit Ihrem Blut benetzt und dafür gesorgt, dass er den Schuh findet, richtig?«

Beschämt senkte Candela den Blick. Auch Álvaro konnte ihnen nicht in die Augen sehen. »Ja. Ich hatte mir zu dem Zweck in die Hand geschnitten.« Um ihre Worte zu unterstreichen, hielt sie eine Hand hoch. Eine rötliche Narbe hatte sich auf dem Handteller gebildet. »An dem Tag der Suche … als ihr alle auf dem Berg wart, war ich unten an den Klippen und habe dort den Schuh abgelegt. Dass Chorizo ihn findet, war mehr oder weniger Absicht.«

»Er spürt Candela oder alles, was mit ihr zusammenhängt, auf«, fügte Álvaro hinzu.

Seine Frau nickte.

»Deswegen ist er in die Höhlen gelaufen, richtig?«, führte Christian seine Befragung fort. »Der Verpackungsmüll dort. Der stammt von euch, oder?«

Álvaro seufzte schwer. »Ja. Dass er dorthin lief, war nicht beabsichtigt. An dem Tag ist mir Chorizo tatsächlich ausgebüxt. Candela hat die erste Zeit in den Höhlen verbracht. Ich habe sie dort mit Essen, Müsliriegeln und Wasser versorgt, bis wir sie unauffällig aus Caví schaffen konnten. Chorizo hatte es dann immer zu den Höhlen gezogen, weil er glaubte, dass er sie dort noch finden würde. Ich bin durch einen anderen Eingang gekommen und habe nach ihm gesucht.«

Christian reckte das Kinn und warf Santiago einen triumphierenden Seitenblick zu. Marie konnte aber deutlich die Erleichterung sehen, die das Geständnis des Ehepaares in ihm auslöste. Schließlich hatten Santiago und sie beide zunächst nicht an seine Theorie geglaubt, und vielleicht hatte Christian irgendwann auch an sich selbst gezweifelt.

Während Marie an ihrer Unterlippe nagte und mit all den Gedanken und Emotionen in sich rang, trat Santiago vor und seufzte. »Ich fürchte, ich muss euch beide wegen Betruges und Irreführung der Polizei festnehmen.«

Resigniert und beschämt senkten Álvaro und Candela den Kopf. Sie nickten langsam, machten keine Anstalten zu fliehen.

Santiago rief über sein Handy Verstärkung, denn in seinem Wagen würden sie die beiden nicht abtransportieren können.

Candela ergriff die Gelegenheit und kam auf Marie zu. Sie berührte sie am Oberarm, sanft, beinahe liebevoll. Ein trauriges Lächeln umspielte ihre Lippen. Marie überlief eine Gänsehaut. »Wärst du so lieb, Alba erst einmal nichts zu erzählen? Ich möchte es ihr selbst sagen.«

Marie verstand ihren Wunsch. »Ist gut«, antwortete sie.

Candela nickte, ließ die Hand von ihrem Arm gleiten, wandte sich ab und stellte sich wieder zu Álvaro. Sie beide stützten sich gegenseitig, gaben sich Halt und tuschelten miteinander.

Marie wandte sich zu Christian um. Zögerlich trat sie auf ihn zu. Sie knibbelte an der Haut ihres Daumens. »Tut mir leid, dass ich dir erst nicht geglaubt habe«, sagte sie kleinlaut.

Christian hob die Brauen vor Verwunderung. Dann zuckte er mit den Schultern. »Das ist doch nichts, wofür du dich entschuldigen musst.« Er schmunzelte leicht. »Du musst dich allerdings für diesen grauenvollen Kaffee entschuldigen, den du braust, wenn wir gemeinsam unseren Strandkaffee trinken.«

Marie lachte unwillkürlich auf. Dann wurde sie wieder ernst. »Hätte ich Candela nie gesehen, hättest du dieses Puzzle nicht lösen können, oder?«

»Wohl kaum«, gab Christian zu. »Vielleicht hätte ich irgendwann Álvaro wieder beschattet und er hätte mich zu ihr geführt, wer weiß?« Er machte eine kurze Pause und betrachtete das flüsternde Ehepaar. »Der Zufall ist oft ein besserer Ermittler, als man sich vorstellt.«

23.
Ende gut …

Marie und Christian hatten es sich in einem Café am Hafen gemütlich gemacht. Sie beobachteten die vielen Touristen, die die Promenade fluteten. Die schattenspendenden Palmen über ihnen bewegten ihre Blätter sanft im Wind. Heute türmten sich Wolken am Himmel auf, und die Brise, die vom Meer her wehte, bot eine willkommene Abkühlung nach den sonnendurchglühten Tagen.

Unweigerlich schweiften Maries Gedanken zu Candela und Álvaro. Sie waren nach ihrer Verhaftung und vorläufigen Freilassung nach Caví zurückgekehrt. Nachdem nach und nach umging, dass Candela noch am Leben war, brodelte die Gerüchteküche wie überkochende Milch.

Alba war zwar überglücklich, dass sie ihre Freundin nicht verloren hatte, war aber auch menschlich tief enttäuscht von ihr gewesen. Doch inzwischen hatte sie ihr verziehen. Sie hatte sogar angeboten, Chorizo übergangsweise zu sich zu nehmen, sollte es zu einer Gefängnisstrafe kommen.

Die Boutique war nach wie vor geschlossen. Die beiden waren vorerst auf freiem Fuß und warteten nun auf ihren Prozess. Nach Meinung der ermittelnden Beamten bestand keine Fluchtgefahr mehr, jetzt, nachdem sie aufgeflogen waren. Wenn Marie Álvaro oder Candela über den Weg lief, spürte sie, wie diese hastig den Blick senkten oder eilig die Straßenseite wechselten.

Trotz der Tatsache, dass das, was sie versucht hatten, nicht nur strafbar, sondern moralisch auch verwerflich war, hoffte Marie inständig, dass die Solers bald nicht mehr das Thema Nummer eins für die Dorfbewohner sein würden und sich irgendwann wieder in die Gemeinde integrieren konnten, ohne verurteilt zu werden. Marie hoffte für sie auf Bewährungsstrafen und dass ihnen das Lehre genug war. Aber vielleicht würden sie ja auch eine Haftstrafe antreten müssen und danach Caví den Rücken kehren.

Marie ließ den Blick gerade über eine Gruppe junger Männer gleiten, laut der Aufschrift auf ihren T-Shirts ein Kegelclub, der grölend und feiernd zum Steg hinunterpolterte, als sich ein bekanntes Gesicht aus der Menge löste. Valentin.

Dieser hatte sie offenbar zuerst entdeckt. Mit einem strahlenden Lächeln winkte er ihr zu und trat an ihren Tisch.

Christian hob die Brauen, wie er es so oft tat, wenn ihm jemand auf Anhieb unsympathisch war.

Marie ignorierte ihn und erwiderte Valentins Lächeln. »Hey«, grüßte sie ihn.

»Marie, was für eine schöne Überraschung!« Er zog sich ungefragt einen Stuhl heran und setzte sich. »Wie es der Zufall will, wollte ich ohnehin die nächsten Tage auf dich zukommen. Hast du über mein Angebot nachgedacht?«

Christian drehte den Kopf in Maries Richtung. Sie spürte, dass er sie fragend und erwartungsvoll ansah.

Marie schluckte, räusperte sich und nickte. »Ja, das habe ich.« Sie machte eine kurze Pause, um die richtigen Worte zu finden. »Und ich weiß dein Angebot sehr zu schätzen, aber ich habe mich dagegen entschieden. Gegen beide Angebote, um genau zu sein. Ich fühle mich nicht wohl dabei, mich so viele Jahre bei jemandem zu verschulden oder jemandem zu verpflichten, mit dem ich eigentlich befreundet bin, und ich möchte gern die Kontrolle und die komplette Entscheidungsgewalt über meine zukünftige Bar haben.«

Valentin hob die Hände und ließ sie so verstummen. »Marie, voll okay. Du brauchst dich nicht zu rechtfertigen. Ich wollte dir lediglich helfen.« Er zwinkerte ihr zu, erhob sich dann. »Ich lass euch zwei dann wieder in Ruhe. Aber ich wünsche dir wirklich viel Glück und alles Gute. Wir sehen uns ja sicherlich demnächst.«

»Na klar.« Marie spürte Erleichterung, als sie bemerkte, dass Valentin so locker reagierte. Sie verabschiedeten sich, und Marie fühlte, wie eine Last von ihren Schultern fiel.

Sie nippte an ihrem Kaffee, der ihr heute besonders gut schmeckte, wie ihr plötzlich schien, und genoss das Kitzeln der Sonnenstrahlen, die für einige Sekunden hinter der Wolkendecke hervorbrachen.

»Gutes Mädchen.« Christian hob die Tasse, als prostete er ihr zu.

Ein breites Lächeln trat auf Maries Lippen. Vielleicht war sie noch nicht so weit, dass sie sich ihren Traum von ihrer eigenen Bar erfüllen konnte. Aber sie würde es auf ihre Weise tun, und das war ihr wert, länger zu warten, härter zu arbeiten und möglicherweise auf eine andere hübsche Location hoffen zu müssen.

Zuversichtlich reckte sie das Gesicht gen Himmel. Sie würde es eines Tages schaffen. Da war sie sicher.

Rezept

Ipanema

1 halbe Limette
2 EL brauner Rohrzucker
Maracujasaft
Gingerale
Crushed Ice

Limette vierteln und zerstoßen. Eis und Rohrzucker hinzugeben. Mit je einem halben Glas Maracujasaft und Gingerale auffüllen. Mit Minze garnieren.